Goldgräber

Achim Rathke

Goldgräber

Bibliografische Information der Deutschen Nationalbibliothek
Die Deutsche Nationalbibliothek verzeichnet diese Publikation
in der Deutschen Nationalbibliografie; detaillierte bibliografische
Daten sind im Internet über http://dnb.d-nb.de abrufbar.

© 2008 Achim Rathke
Umschlagdesign, Satz, Herstellung und Verlag:
Books on Demand GmbH, Norderstedt
ISBN 978-3-8370-4919-0

www.AchimRathke.de

Inhaltsverzeichnis

Einleitung

Die Wahrscheinlichkeit von sechs Richtigen im Lotto soll bei rund eins zu vierzehn Millionen liegen. Mir erzählte einmal ein Mathematiklehrer, es sei wahrscheinlicher, von einem Blitz und einem herunterfallenden Satelliten zum gleichen Zeitpunkt getroffen zu werden, als beim Lotto die richtigen Zahlen anzukreuzen. Doch obwohl es so unwahrscheinlich ist, haben einige Menschen jedes Jahr Glück und werden Lottomillionäre. Mit Glück und Zufall hat auch meine Geschichte zu tun. Die Wahrscheinlichkeit, dass sich so viele Zufälle bei mir vereinten, dürfte ebenfalls bei eins zu vierzehn Millionen gelegen haben. In den letzten Jahren verbrachte ich sehr viel Zeit damit, zu recherchieren, wie es zu diesen Zufällen und Ereignissen kommen konnte. Heute, wo ich alles zu Papier bringe, fällt es mir schwer, den Zeitpunkt zu finden, an dem meine Geschichte beginnen soll. Der Moment, an dem ich das Ergebnis auf meinem Konto sah, ist zu spät. Auch 1970, der Zeitpunkt meiner Geburt, erscheint mir noch zu spät, denn die Kette der Ereignisse begann bereits 1942. Deshalb beginne ich meine Geschichte nun an dem Tag, an dem sich Vergangenheit und Gegenwart das erste Mal berühren.

Kapitel 1

Das Jahr 1978

Mein Name ist Michael, ich war damals acht Jahre alt und wir lebten in dem kleinen Ort Oppendorf, in Schleswig-Holstein, etwa fünf Kilometer Luftlinie östlich von Kiel. Er bestand nur aus einer schlechten Straße mit vielen Schlaglöchern. Links und rechts standen Einfamilienhäuser, von denen einige alt und baufällig waren. Andere hingegen, wie auch unser Haus, waren neueren Jahrgangs. In dieser Siedlung lebten alte Leute, die längst das Rentenalter erreicht hatten, und junge Familien, die sich hier ihren Lebensmittelpunkt einrichten wollten. Die Straße durch das Dorf führte zu einem alten Gutshof, nach dem das Dorf benannt worden war. Wenn man links abbog, erreichte man nach wenigen Minuten den Bauernhof Heinrich. Der rechte Weg stieß auf einen Feldweg, der zum Fluss Schwentine führte. Die Ortschaft war umgeben von Feldern, auf denen Mais, Weizen, Roggen oder Raps angebaut wurde. Das Dorf hatte über das Jahr hinweg viele Gesichter. Im Frühling blühte bei mildem Klima der Raps, dessen süßer Duft sich über die gesamte Landschaft legte. Das strahlende Gelb der Rapsblüten bildete einen schönen Kontrast zum blauen Himmel. Überall roch es nach blühenden Blumen, Flieder und frisch geschnittenem Gras, denn all das wuchs in gepflegten Vorgärten. Der Sommer war immer sehr wechselhaft. An einem Tag konnte es sehr heiß und am darauffolgenden Tag bewölkt und kühl sein. Wenn es schlecht lief, konnte es auch einige Wochen regnen und die Sommerferien fielen buchstäblich ins Wasser. Der Herbst war immer sehr grau, regnerisch und windig. Dann war es fast so, als gäbe es keine Farben mehr auf der Welt und man befände sich in einem Schwarz-Weiß-Film. Der Winter zeigte sich wieder unberechenbar. Mal war er mild und ohne Schnee, ein anderes Mal schneite es tagelang.

Damals in diesem kleinen Ort am Schwentine berührte mich an einem regnerischen Tag Anfang April die Geschichte, um die es mir geht, das erste Mal. Der Wind fegte uns nur so um die Ohren, sodass wir mit unseren Fahrrädern auf dem schmalen Feldweg kaum vorwärtskamen. Wie immer trugen wir bei diesem Wetter unsere Gummistiefel und gelbe Regenjacken, die wir auch Ostfriesennerz nannten. Schließlich stellten wir unsere Räder ab und gingen die letzten Meter über die Koppel zu einem leichten Abhang, der zum Fluss hinunterführte. Wir durchstöberten das Gebüsch zwischen der Koppel und dem Schwentine, bis wir eine spektakuläre Entdeckung machten: Dort lag ein altes Auto. Es war total kaputt und völlig verrostet. Die Scheiben waren längst zerbrochen, aus den Sitzen ragten nur noch etwas Stroh und einige rostige Drähte. Jegliche Schalter und Knöpfe waren abmontiert worden und das Lenkrad löste sich in seine Bestandteile auf. Das wenige Gummi, das sich noch auf den Felgen befand, zeigte sich porös und alles war von Gräsern völlig zugewachsen. Als wir das brüchige Blech der Motorhaube quietschend nach oben drückten und die Gräser und das Moos entfernten, konnten wir den Markennamen und das Baujahr eingestanzt in der Karosserie noch schwach lesen: Opel Kapitän, Baujahr 1939. Für uns war das eine unglaubliche Entdeckung. Das war ein Oldtimer und der musste sehr viel wert sein, so glaubten wir zumindest. Leider mussten wir schon bald einsehen, dass dieses Fahrzeug nicht einmal mehr einen Schrottwert besaß. Trotzdem sollten mich die Ereignisse um dieses Fahrzeug noch lange Zeit beschäftigen. Um all diese Verflechtungen verständlich zu machen, blicke ich nun noch weiter in der Zeit zurück.

Kapitel 2

Das Jahr 1942

In Deutschland regierte die NSDAP mit ihrem Führer Adolf Hitler, der Zweite Weltkrieg tobte bereits seit fast drei Jahren. Der Kriegsschauplatz im Osten war der wichtigste und auch der blutigste. Er verlief von der Barentssee bis fast an das Kaspische Meer. Die Front war 5000 Kilometer lang, was dem Zehnfachen der deutsch-französischen Front im Ersten Weltkrieg entsprach. Vom Westen her griff die britische Luftwaffe das Deutsche Reich an. Erstmalig bombardierte die Royal Air Force im März 1942 flächendeckend die militärisch unbedeutende Hansestadt Lübeck. Durch die Menge von 300 Tonnen Bomben ging der historische Stadtkern in Flammen auf. Dem zugrunde lag eine Entscheidung des Kriegskabinetts in London, den Bombenkrieg zu verschärfen, um die deutsche Zivilbevölkerung zu zermürben. Bereits 1940 war Kiel mit seinen Marinestützpunkten, den Schleusenanlagen und Werften Ziel kleinerer alliierter Luftangriffe geworden. Die Stadt wurde bis zum Kriegsende neunzig Mal von Angriffen aus der Luft heimgesucht. Ja, die deutsche Zivilbevölkerung litt unter dem Krieg, ebenso wie die Zivilbevölkerung der deutschen Gegner unter deutschen Angriffen litt. Wohnraum und Lebensmittel wurden knapper und die Bevölkerung versuchte insbesondere durch Tausch ihre Not zu lindern. Es gab aber auch Menschen, die es verstanden, dieser Situation etwas Positives abzugewinnen. Alfred Berger war so ein Mann. Der gelernte Kaufmann entstammte einer kleinbürgerlichen Familie, die aus Bremen den Weg nach Kiel gefunden hatte. Zunächst arbeitete er auf der Werft in der Buchhaltung. Bereits kurz vor dem großen Wahlerfolg für die NSDAP im Jahr 1930 war Berger der Partei beigetreten. Durch sein Organisationstalent machte er sehr schnell auf sich aufmerksam und wurde direkt Gauleiter Hinrich Lohse unterstellt. Sein militärisches Handwerk erlernte der kleine, untersetzte Mann im Ersten Weltkrieg in den Schützengräben vor Verdun. Damals war er als Scharfschütze ausgebildet worden und hatte den Dienstgrad eines Unteroffiziers erreicht. Zweimal war er an der Front verletzt worden und hatte dafür das Verwundetenabzeichen bekommen. Der kleine Finger der linken Hand musste ihm amputiert werden, weil ihn eine Ratte gebissen hatte. Ein großes Problem in den Schützengräben des Ersten Weltkrieges waren die hygienischen Bedingungen. Nicht nur, dass der Feind den Soldaten zu schaffen machte und sie ständig unter Beschuss nahm, auch gegen Ratten, Läuse und anderes Ungeziefer hatten die Männer zu kämpfen. Rattenbisse, die sich furchtbar entzünden konnten, waren an der Tagesordnung. Die unglaublichen Härten des Krieges und die anschließende Niederlage der Deutschen prägten Alfred Berger. Das Diktat der Alliierten sowie die Reparationszahlungen empfand er als ungerecht und die Schuld an dem Kriegsverlauf gab er den Juden. Der Vertrag von Versailles, in dem sich die Franzosen für die Niederlage des Krieges von 1870 bis 1871 an den Deutschen rächten, war für ihn die Krone der Demütigung. In der Partei fand er nun mehr als nur eine neue Aufgabe. Er war damit beauftragt worden, ein Arbeitslager einzurichten und die Arbeitskräfte auf die umliegenden Unternehmen und landwirtschaftlichen Höfe zu verteilen. So brachte er es für seine Verhältnisse zu Ruhm und Macht, einer Villa im noblen Niemannsweg sowie zu einem ansehnlichen Dienstwagen. Einen Opel Kapitän, Baujahr 1939.

Kapitel 3

Das Jahr 1978

Zurück in den April, wir waren noch Tage später begeistert von unserem Fund und als das Wetter sich etwas gelegt hatte, befragten wir die Alten in unserem Dorf. Uns gegenüber wohnte ein älterer Herr mit seiner Frau. Ich wusste, dass er Soldat im Zweiten Weltkrieg gewesen war. Er war verwundet worden und in russische Gefangenschaft geraten. Viel zu oft erzählte er mir von seinen Erlebnissen an der Front und zeigte mir dabei seine Narben an der Hüfte. Er war damit beschäftigt gewesen, eine Fernmeldeleitung zu legen, als ihn Splitter einer feindlichen Granate trafen. Besonders begeistern konnte er sich für den Feldzug gegen Frankreich und wie schnell die Wehrmacht Paris erobert hatte. Zum Schluss kam dann immer die Geschichte von den französischen Mädchen und was die alles für wenige Franc taten. Aber über das Auto, das dort fast im Schwentine lag, konnte er uns leider nichts erzählen.

Als Nächstes suchten wir Bauer Heinrich auf. Sein Hof mit nicht mehr als dreißig Hektar Land und ein paar Milchkühen war klein. Selbst wir wussten, dass es kaum noch möglich war, so einen kleinen Hof wirtschaftlich zu führen. Andererseits befand sich der Hof schon seit vier Generationen in Familienbesitz und es hing viel Herzblut dran. Auf dem kleinen Anwesen suchten und fanden wir Bauer Peter Heinrich im Stall. Er, seine Frau und sein Sohn waren gerade damit beschäftigt, das Melken der Kühe vorzubereiten. Obwohl das Ehepaar schon ein stattliches Alter hatte, waren sie immer noch sehr aktiv bei der Arbeit. Ihr Sohn arbeitete sich gerade ein und sollte schon bald den Hof ganz übernehmen. Wir berichteten ihnen von unserem Fund und fragten, ob sie wüssten, was es mit diesem Fahrzeug auf sich haben könnte.

Bauer Heinrich und seine Frau schauten sich an und dann schauten sie uns drei an. »Nein, das wissen wir auch nicht, aber lasst eure Finger davon, das ist kein Spielplatz für euch«, sagte schließlich die alte Bäuerin.

Damit konnten wir uns natürlich nicht abfinden. In unserer Euphorie waren wir der festen Überzeugung, dass sie selbst ein Interesse an dem Oldtimer hatten und uns nur vertreiben wollten. Am nächsten Tag beschlossen wir, auf das Gut zu fahren. Der Gutsherr wusste bestimmt von diesem Oldtimer, denn der Platz, an dem sich das Autowrack befand, gehörte ja schließlich zu seinem Anwesen. Wir fuhren mit unseren Rädern die Straße entlang und an dem Schild vorbei, auf dem stand: Kein öffentlicher Weg – Privatbesitz! Das Schild missachtend fuhren wir die letzten 200 Meter auf einer holprigen, gepflasterten Allee entlang. Uralte große Eichen standen links und rechts des Weges, ihre dichten Kronen bildeten über unseren Köpfen einen grünen Tunnel. Schließlich radelten wir durch den großen Torbogen auf den Hof. Hier wurde jemand schnell auf uns aufmerksam. Der Jagdhund, ein Foxhound, kam direkt mit gefletschten Zähnen und vollem Tempo auf uns zu gelaufen. Seine Absichten schienen eindeutig, doch ehe wir reagieren konnten, rief jemand:»Rex!« Der Hund blieb abrupt stehen, drehte sich um, lief zu seinem Herrn und blieb an seiner rechten Seite stehen.

»Was wollt ihr auf dem Hof, was habt ihr hier zu suchen?«, rief uns der Mann zu.

Ich kannte den Herrn, der uns mit wütender Stimme anfuhr. Es war der alte Hermann persönlich, der Gutsherr. Es war allgemein bekannt, dass er keine Fremden auf seinem Anwesen duldete. Zu viele Wanderer und Sonntagsspaziergänger durchquerten sein Eigentum, schmissen Müll auf die Wege und störten die Arbeit. Wir drei standen nun da und bekamen kein Wort heraus. Adrenalin und Angst lähmten unsere Stimmen, bis Stefan, er war der Älteste, sagte:»Entschuldigung, wir haben uns verfahren.«

»Na Jungs, dann mal wieder ab vom Hof, aber nicht über das Geharkte fahren«, brummte der Gutsherr.

Wir gaben unseren Fahrrädern die Sporen, fuhren in unser Dorf zurück und setzten uns auf eine Bank an der Bushaltestelle. Uns zitterten noch immer die Knie vor Angst und wir waren nur froh, dass der Hund uns nicht gebissen hatte. Wir beschlossen gerade, uns nicht mehr um unseren Oldtimer zu kümmern, als plötzlich Fiete Kunze mit seiner Gattin des Weges kam. Fiete Kunzes Gattin, die bestimmt an die 200 Kilo auf die Waage brachte, nannten wir immer »die dicke Berta«. Alle fünfzig Meter blieb sie stehen, um etwas zu verschnaufen. Fiete ging immer ein Stück voraus und blieb etwas später stehen, um auf seine Frau zu warten. Er, der eher schmächtig war, wurde von der Dorfgemeinschaft »der Bürgermeister« genannt. Das war jedoch keinesfalls positiv gemeint. Er bekam den Namen, weil er sich überall einmischte und ungefragt seine Meinung kundgab, die oft keine große Zustimmung fand. Stets wusste er alles besser. Was auch gemacht wurde, Fiete hatte eine andere und bessere Idee, die Probleme zu lösen.

Die Kunzes wollten gerade zum Seniorenheim fahren, stellten sich an die Bushaltestelle und warteten. Augenblicklich sprachen wir sie an und fragten, ob sie etwas über unseren Oldtimer wüssten.

»Natürlich«, sagte Fiete Kunze auf Plattdeutsch. »Der gehörte einem Mann namens Alfred Berger, der kam immer auf das Gut, wenn er sich mit Milch, Käse und anderen Produkten eindecken wollte. Mehr kann ich euch dazu aber auch nicht sagen. Das ist ja auch schon so lange her und längst Vergangenheit.«

Sein anschließendes nachdenkliches Schweigen erschien uns verdächtig. Fiete, dessen richtiger Name übrigens Siegfried war, hatte damals auf dem Gut die Meierei geleitet und hin und wieder mit Alfred Berger zu tun gehabt. Da die Produktion von Lebensmitteln wichtig war für den Krieg, wurde Fiete nicht zur Wehrmacht eingezogen. Erst später erfuhren wir, dass auch er Dienst an der Waffe getan hatte.

Wir fantasierten noch einige Tage, bis wir das Interesse an unserem Oldtimer verloren und den kommenden Sommer genossen.

Kapitel 4

Das Jahr 1943

Seit Beginn des Krieges war es die Hauptaufgabe von Alfred Berger, ein Arbeitslager zu organisieren. Er ließ dieses Lager etwa 80 Kilometer südlich von Kiel einrichten. Ihm zur Seite standen Männer der SS, die insbesondere für die Bewachung des Lagers zuständig waren. Über die Jahre wurden mehr als 20000 Inhaftierte durch das Arbeitslager geschleust. Viele kamen aus Polen, aber auch Russen, Franzosen und andere Nationalitäten waren dort anzutreffen. Die Insassen wurden ausnahmslos als Ausländer bezeichnet. Das Wort »Zwangsarbeiter« war von den Nazis nicht erwünscht, da es dem Regime zu kritisch erschien. Es hätte der Verdacht aufkommen können, dass hier etwas Unrechtes geschah. Der Beruf der Gefangenen wurde durchweg als Arbeiter angegeben. Die Geschäftsführer und Inhaber der umliegenden Unternehmen mussten bei Alfred Berger um Arbeitskräfte bitten. Viele dieser Arbeiter wurden beispielsweise in der Herstellung von Konservendosen eingesetzt. Andere arbeiteten in Holzfabriken, bei Gärtnereien, auf Bauernhöfen und als Werftarbeiter. Die Betriebe, die Arbeitskräfte in Anspruch nehmen wollten, mussten dafür Geld an die Deutsche Reichskasse zahlen.

Das Lager war kein Vernichtungslager wie beispielsweise Dachau oder Auschwitz, sondern ein reines Arbeitslager. Hier wurden auch keine Juden inhaftiert, die der Endlösung zugeführt werden sollten, wie es die Nationalsozialisten bezeichneten. Dennoch geschah im Jahr 1943 etwas, was von der Waffen-SS als streng geheim zu den Akten gelegt wurde. Ständig kamen aus den Ostgebieten neue Häftlinge ins Lager. Die deutsche Wehrmacht, die von der Roten Armee stetig weiter zurückgedrängt wurde, ließ ganze Straßenzüge in Russland und Polen räumen. Die Zivilisten, ob Kinder, Frauen oder Männer, verschleppte man nach Deutschland, wo sie Arbeiten verrichten sollten. Bei einem Gefangenentransport stellte ein SS-Mann fest, dass sechs polnische Juden unter ihnen waren. Hauptsturmführer Heinz Schuster, der das Lager leitete, beschloss das Problem vor Ort selbst und auf seine Weise zu lösen.

Der Dienstgrad »Hauptsturmführer der SS« entsprach dem Dienstgrad eines Hauptmannes beim Heer oder der Luftwaffe. Schuster war ein großer Mann mit breiten Schultern. Seine Haare waren streng zurückgekämmt und die Seiten waren fast glatt rasiert. Gelacht hat Schuster nur selten. Wenn er mal lachte, dann nur über einen schlechten Witz oder aus Schadenfreude. Bei seinen Untergebenen genoss er großen Respekt und Achtung. Bei den Gefangenen verbreitete er Angst und Schrecken. Nicht selten ließ er die Gefangenen stundenlang antreten, bis sie vor Erschöpfung zusammenbrachen. Hatte jemand seine Arbeit nicht getan, konnte er rücksichtslos zuschlagen. Mit 23 Jahren besuchte der gebürtige Hamburger die SS-Junkerschule in Bad Tölz. Dort wurden den jungen SS-Offiziersanwärtern militärische und ideologische Grundlagen gelehrt. Dann wurden die Junker auf den Eid verpflichtet, ihren Führer Adolf Hitler bedingungslos bis in den Tod zu folgen.

Nach der Beendigung seiner Ausbildung absolvierte Schuster noch einen Waffen-Lehrgang im KZ Dachau. Danach wurde er als SS-Untersturmführer, was dem Dienstgrad eines Leutnants der Wehrmacht entsprach, nach Bergen-Belsen versetzt. Als erfahrener SS-Hauptsturmführer übernahm er schließlich 1941 das Arbeitslager südlich von Kiel. Seine Hauptaufgabe war es, die Bewachung des Lagers zu organisieren. Ihm zur Seite standen mehr als 40 Mann der SS.

Es war ein warmer Morgen im Mai 1943. Die Sonne ging gerade auf, als das Singen der Vögel durch Schreie unterbrochen wurde. »Stillgestanden, richt euch, Augen geradeaus, zur Meldung an den Hauptsturmführer die Augen links.« Mit kräftiger Stimme brüllte der Scharführer: »Herr Hauptsturmführer, melde sechs SS-Schützen zum Sonderkommando angetreten.«

Schuster stellte sich breitbeinig vor seine Männer, umfasste mit seinen Händen das Koppelschloss und brüllte: »Rührt euch.«

Es waren die sechs Jüngsten der SS-Wachmannschaft, die Schuster antreten ließ. Sie trugen ihre Helme mit dem markanten Abzeichen ihrer Einheit auf den Seiten. Um ihre rechte Schulter hing am langen Riemen das gerade neu eingeführte Sturmgewehr 44. Die Magazine ihrer Waffen waren mit 30 Patronen voll geladen und zwei weitere Magazine trugen sie an ihrer Koppel. Es war jetzt wieder ruhig und man hörte die Vögel wieder singen, bis zwei Krupp 5-Tonner angefahren kamen. Auf der Ladefläche des ersten Fahrzeugs saßen unter der Plane die sechs polnischen Juden. Am Steuer saß je ein SS-Sturmmann, der Beifahrer war jeweils ein SS-Unterscharführer. Auf dem zweiten 5-Tonner ließ Hauptsturmführer Schuster jetzt die sechs SS-Männer aufsitzen. Er selbst stieg als Beifahrer in einen VW Kübelwagen, der sich durch seine gute Geländegängigkeit auszeichnete. Die Kolonne setzte sich in Bewegung und fuhr langsam durch das große Tor, das von zwei Männern geöffnet wurde. Der Wachposten am Tor ging in Grundstellung und grüßte den Hauptsturmführer militärisch bei dessen Fahrt durch das Eisentor.

Die Fahrzeuge fuhren mit mäßiger Geschwindigkeit über die Landstraße, bis sie nach zwanzig Minuten in einen Waldweg einbogen. Im ersten Gang und in Schrittgeschwindigkeit gruben sich die Fahrzeuge schwankend durch den noch weichen Boden. Schließlich kam die Kolonne zum Stehen. Die sechs jungen Männer der SS sprangen von der Ladefläche des Lkws und durften sich locker hinter das Fahrzeug stellen. Jetzt wurde den sechs Juden befohlen, die Ladefläche zu verlassen. »Los, ihr Schweinepriester, runter vom Bock. Jeder nimmt sich jetzt einen Spaten und dann gehen wir mal das Gelände ausmessen«, schrie Schuster sie an.

Die Fahrer und Beifahrer der Fahrzeuge waren mit Maschinenpistolen der Marke P40 bewaffnet und hielten damit die jüdischen Männer im Zaum. Die P40 galt als eine äußerst tückische Waffe, die auch dem Schützen und den eigenen Kameraden gefährlich werden konnte. Sie verfügte weder über eine starke Feuerkraft noch über eine hohe Zielgenauigkeit. Durch ihren kurzen Lauf und starken Rückschlag konnte es bei dieser Waffe zu einer großen Streuung der Projektile kommen.

Die Männer, allen voraus Hauptsturmführer Schuster, gingen durch den Wald bis zu einer Lichtung. Die sechs SS-Schützen blieben in etwa hundert Meter Entfernung hinter ihrem Lkw stehen, unterhielten sich und rauchten eine Zigarette. Schuster schrie:»So, jetzt graben! Zwei Meter lang, einen Meter breit und einen Meter tief, Ausführung!«

Die sechs Gefangenen verstanden kaum Deutsch, aber das, was er jetzt brüllte, verstanden sie sehr gut. In einer Reihe stehend fingen sie an zu graben.

Die fünf SS-Männer, die vorher als Fahrer und Beifahrer fungiert hatten, standen mit der umgeschnallten MP beieinander. Erneut schrie Schuster:»Wir machen drei, zwei, eins.« Das hieß, dass erst drei erschossen werden sollten. Die drei Überlebenden schaufelten dann die Gräber der Erschossenen zu. Dann sollten zwei erschossen werden und der letzte Überlebende sollte die beiden Gräber zuschaufeln. Zuletzt wird dann dieser Letzte erschossen. Dieses Grab sollte dann von den SS-Männern selbst zugeschaufelt werden. Auf diese Weise hatten sie am wenigsten Arbeit mit der Exekution.

Langsam gruben sich die Spaten der sechs Gefangenen durch das feuchte Erdreich. Jeder Spatenstich brachte die polnischen Juden dem Ende ein bisschen näher. Jonathan, mit 26 Jahren der Jüngste unter ihnen, dachte über sein Leben nach. Seine Kindheit, seine Schulzeit und sein Studium der Physik in Warschau. Er fragte sich, wo wohl seine Eltern, seine Geschwister, seine Freunde und seine Verwandten gerade waren. Von der Angst regelrecht berauscht, spielte sich sein vergangenes Leben in seinem Kopf ab. Wie in einem Film sah er die Bilder vor sich ablaufen. Die Maschinenpistolen locker über ihre Schultern gehängt, standen seine Peiniger nicht weit entfernt beisammen und unterhielten sich. Man hatte sie gelehrt, dass von Juden keine große Gefahr und erst recht kein Kampf ausging. Die Rasse der Juden ergäbe sich ihrem Schicksal bedingungslos, so die Einschätzung. Eine Fehleinschätzung, der sie an diesem Tage im Mai 1943 noch Rechnung tragen sollten.

Ein SS-Unterscharführer löste sich aus der Gruppe seiner Kameraden und ging langsam an den grabenden Männern vorbei. »Schneller, wir haben nicht bis morgen Zeit«, fuhr er die Leute mit rauer Stimme an. Dann blieb er links hinter Jonathan, in zwei Meter Entfernung stehen und griff in seine rechte Brusttasche. Er holte eine Zigarette und ein Päckchen Streichhölzer heraus. Mit der Zigarette im Mund versuchte er jetzt, das Streichholz anzuzünden, aber es zündete nicht.

Jonathan beobachtete ihn aus den Augenwinkeln und dachte: Was habe ich zu verlieren, wenn ich jetzt mit dem Spaten zuschlage? Nichts! Ich werde sowieso sterben. Wenn ich fliehe und erschossen werde, dann wäre das noch ein besserer Tod. Bei jedem Spatenstich freundete er sich mit diesem Gedanken mehr an. Jonathan beobachtete das Umfeld, während der Unterscharführer immer noch damit beschäftigt war, seine Zigarette anzuzünden. Schließlich nahm er den Spaten fest in beide Hände und schaute über seine linke Schulter. Er nahm seinen ganzen Mut zusammen. Während Jonathan mit dem Spaten ausholte und aus der Drehung zuschlug, traf sich sein Blick mit dem Blick des SS-Unterscharführers für den Bruchteil einer Sekunde. Es kam ihm vor wie eine Ewigkeit, bis die scharfe Kante des Spatens den Kopf des SS-Mannes traf und er blutend zu Boden fiel. Mit einem Schrei holte er noch mal aus und ließ mit seiner ganzen Wut den Spaten abermals auf den Kopf des Mannes niedersausen. Ein anderer SS-Mann, der sich zwischenzeitlich ebenfalls aus der Gruppe gelöst hatte, riss seine Maschinenpistole hoch und lud sie durch. Jonathan lief schreiend auf ihn zu und ehe der Mann auch nur einen Schuss abfeuern konnte, traf ihn die scharfe Kante des Spatens tödlich am Hals. Zur gleichen Zeit zog SS-Hauptsturmführer Schuster, der einige Meter vom Geschehen entfernt stand, seine Pistole aus der Tasche. Eilig riss er den Verschluss seiner P38 zurück und entsicherte sie. Die drei SS-Männer, die noch zusammen dastanden, feuerten ihre Maschinenpistolen aus der Hüfte auf den Fliehenden ab.

Schuster, der als hervorragender Pistolenschütze galt, stellte seinen rechten Fuß vor und setzte seine linke Hand an der linken Hüfte ab. Präzise zielte er genau auf den Flüchtenden und gab mehrere Schüsse auf ihn ab, aber Jonathan konnte im Schutz der Bäume entkommen. So schnell er konnte, lief er im Zickzack durch den Wald. Die Projektile schlugen neben ihm in den Bäumen ein und pfiffen an seinen Ohren vorbei. Die sechs jungen SS-Schützen kamen herbeigelaufen. Dabei wurde einer von ihnen durch einen Querschläger aus einer Maschinenpistole tödlich in die Brust getroffen. Umgehend ließ Hauptsturmführer Schuster mit den verbliebenen fünf Gefangenen kurzen Prozess machen und nahm mit seinen acht Mannen die Verfolgung auf.

Jonathan lief. Die Beine wurden ihm leicht und er hielt Ausschau nach einem geeigneten Versteck, aber nichts fand sich weit und breit. Er rannte weiter, bis er an eine alte Eiche kam, auf die er kletterte. Der Baum war groß und wegen der Hauptblütezeit dicht zugewachsen. Als er fast bis ganz nach oben geklettert war, hörte er das Geschrei seiner Verfolger. Auf einem stabilen Ast blieb er sitzen und verhielt sich ganz ruhig. Sein Herz schlug heftig in seiner Brust und er war durch seine schlechte Kondition völlig außer Atem.

Es dauerte nicht lange, bis er seine Verfolger sehen konnte. Fünf von ihnen hatten ihr Sturmgewehr 44 im Anschlag, drei weitere hielten ihre Maschinenpistolen in Hüfthöhe und Schuster trug seine Pistole schussbereit in der rechten Hand. Jeder von ihnen war bereit zu schießen, falls sich ihnen der Verfolgte zeigte. Sie durchkämmten entschlossen das ganze Waldstück, schauten auf den Boden, guckten hinter jeden Baum, traten in die Büsche und durchliefen das hohe Gras. Schließlich kam einer der Verfolger genau auf den Baum zu, auf dem Jonathan saß. Mit seiner MP in der Hand ging er ganz langsam und suchend auf den Baum zu und blieb unter ihm stehen. Jonathan schaute nach unten und konnte dem Mann genau auf den Kopf schauen. Es waren weniger als fünf Meter, die sie voneinander trennten. Wenn das Schwein jetzt nach oben guckt, ist dein Leben vorbei, dachte Jonathan. Dann schloss er seine Augen, blieb regungslos sitzen und versuchte, so wenig wie möglich zu atmen. Seine Unterlippe zuckte vor Angst und ihm wurde schlecht. Dann ging der SS-Mann langsam weiter. Keiner der Suchenden vermutete, dass der Flüchtling sich auf einem Baum versteckt hielt.

Jonathan blieb noch einige Zeit auf der Eiche sitzen und wurde nicht entdeckt.

Kapitel 5

Das Jahr 1980

In unserem Dorf war in den letzten zwei Jahren der Wohlstand ausgebrochen. Wir hatten neue Straßenlaternen und einen Fußweg bekommen. Außerdem gab es jetzt einen Zigaretten- und zwei Kaugummiautomaten, die sich in der Nähe der Bushaltestelle befanden. Zwischen dem Fußweg und der Straße hatte die Gemeinde einen Grünstreifen angelegt. Im Abstand von jeweils 25 Metern hatten sie dort abwechselnd junge Buchen und Eichen angepflanzt.

Es war ein heißer Tag im August. Mein Freund Martin und ich saßen wie so oft auf der Bank an der Haltestelle und spielten Quartett. Ende August ging es in unserem Dorf immer turbulent zu. Die Bauern brachten die Ernte von den Feldern ein. Mähdrescher fuhren morgens um sieben Uhr auf das Land und droschen bis spät in die Nacht das Korn. Schwere Traktoren mit Anhängern brummten den ganzen Tag durch die Ortschaft. Sie nahmen das Erntegut von den Mähdreschern auf und brachten es runter auf den Gutshof, wo es in großen Silos verstaut wurde.

Martin und ich kannten jeden im Dorf. Das war auch kein Kunststück, denn es wohnten lediglich ungefähr hundertzwanzig Menschen hier. Ein älterer Herr, der so um die sechzig Jahre alt sein mochte, war uns gerade aufgefallen. Er ging die Straße immer wieder auf und ab. Dabei starrte er ständig zum Hof von Bauer Heinrich, bis er schließlich darauf zu steuerte. Dann sahen wir, wie er an der Haustür läutete und hörten durch die klare Luft, wie er sich der Bäuerin vorstellte: »Guten Tag, mein Name ist Jonathan.«

Kapitel 6

Das Jahr 1943

Wieder im Lager tobte Hauptsturmführer Schuster vor Wut und beschimpfte seine Untergebenen mit derbsten Kraftausdrücken. Zwei SS-Männer seiner Elitetruppe waren von einem polnischen Juden mit einem rostigen Spaten erschlagen und einer war von seinen eigenen Kameraden erschossen worden. »Und dann lasst ihr dieses Schwein auch noch flüchten!«, schrie Schuster seine Männer an. »Wenn das rauskommt, dann sehen wir uns alle an der Ostfront wieder. Kameraden, da fährt man mit euch Schlitten, bis das Wasser im Arsche gefriert!«

Umgehend ließ Schuster Fernschreiben an alle Polizeiposten schicken, die den Flüchtenden beschrieben. Aber wie sah er eigentlich aus? Keiner konnte es so genau sagen, weil es keinen Grund gegeben hatte, sich diese Leute genauer anzuschauen.

Es war vier Uhr nachmittags, als zwanzig Mann der SS in voller Montur auf dem Lagergelände antraten. Zwei Krupp 5-Tonner und zwei VW Kübelwagen kamen mit hohem Tempo und brummenden Motoren vorgefahren. Ohne lange Zeremonie ließ der Hauptsturmführer die Männer aufsitzen. Bevor er in seinen Kübelwagen stieg, gab er den Fahrern noch einige Anweisungen. Dann setzte sich die Kolonne zügig in Bewegung und nahm die Verfolgung auf.

Zwei Stunden zuvor hatte Jonathan die Eiche verlassen. Die Sonne stand im Süden und er beschloss, in die entgegengesetzte Richtung zu laufen. Wann immer er konnte, legte er einen kleinen Dauerlauf ein.

Der erste 5-Tonner hatte schnell die Stelle erreicht, an der das Massaker geschehen war. Die SS-Männer sprangen von der Ladefläche und durchkämmten das Gebiet großräumig. Der zweite Lkw preschte mit 90 km/h über die Landstraße. Der Fahrer trat das Gaspedal voll durch und holte alles aus dem 110 PS starken

Gefährt raus. Dann schaltete er mit heulendem Motor die Gänge runter und bog in einen Feldweg ein. Dort ließ er drei Männer, die sich auf der Ladefläche befanden, absitzen. Er gab ihnen einige Anweisungen, wo sie zu suchen hätten und setzte dann die Fahrt zügig fort. Bei zwei weiteren Stopps im Abstand von jeweils einem Kilometer setzte er weitere Kameraden ab.

Hauptsturmführer Schuster und sein Fahrer fuhren zur gleichen Zeit mit voller Geschwindigkeit über eine schmale Straße, die sich auf der anderen Seite des Waldes befand. Der VW Kübelwagen klapperte, als der Fahrer plötzlich in einen schmalen Waldweg einbog. Abwechselnd in den ersten und zweiten Gang schaltend, bahnte sich der 25 PS starke Kübelwagen seinen Pfad. Seine MP 40 fest in den Händen hielt Schuster Ausschau nach dem Flüchtigen, aber er konnte nichts entdecken, bis er unerwartet:»Halt«, schrie.

Der Fahrer trat auf die Bremse und das Fahrzeug kam augenblicklich zum Stehen. Schuster sprang aus dem Wagen und ging langsam mit der durchgeladenen Maschinenpistole auf eine Lichtung zu, in der das Gras hoch stand. Der Fahrer, der ebenfalls eine Maschinenpistole bei sich führte, folgte seinem Vorgesetzten in zwei Meter Entfernung. Das Gras bewegte sich erneut. Schuster richtete sofort seine MP auf das Ziel und schoss aus der Hüfte die ganzen zweiunddreißig Patronen seines Magazins in diese Richtung. Sein Fahrer, der die Schulterstütze seiner MP ausgeklappt hatte, legte an und schoss dann auch in drei Feuerstößen sein Magazin leer. Die beiden standen im hohen Grün des Waldes und schauten, ob sich noch etwas regte. Auf einmal bewegte sich das Gras wieder und irgendetwas raste direkt auf sie zu. Schuster schmiss seine MP auf den Boden und zog hektisch seine P38 aus der Pistolentasche. Er kam nicht mehr dazu, den Verschluss der Pistole zurückzuziehen und sie zu entsichern. Ein Keiler rannte mit voller Wucht auf den SS-Hauptsturmführer zu und brachte ihn im hohen Bogen zu Fall. Der Fahrer versuchte noch mit großen Schritten, den Kübelwagen zu erreichen, um sich dort in Sicherheit zu bringen, als das Wildschwein ihm in die Wade und dann in den Hintern biss. Im Dreck liegend griff Schuster nach seiner Pistole, entsicherte sie und legte auf den Keiler an. Nach drei abgefeuerten Schüssen lag der Angreifer auf dem Erdboden und zuckte nur noch etwas mit den hinteren Läufen. Schuster trat an das Tier heran und gab aus nächster Nähe den Todesschuss ab. Die Uniformen, die die beiden stets mit Stolz und Würde trugen, waren von oben bis unten mit Dreck beschmiert. Sie humpelten mit schmerzverzerrtem Gesicht durch den weichen Boden des Waldes. Schließlich stiegen sie vorsichtig in den Kübelwagen und fuhren unverrichteter Dinge in das Lager zurück.

Wenig später erreichten auch der zweite Kübelwagen und die beiden 5-Tonner wieder den Ausgangspunkt. So sehr man sich auch bemüht hatte, die Suche war ohne jeden Erfolg geblieben. Schuster setzte sich schließlich an seinen Schreibtisch, holte eine Flasche Weinbrand aus der obersten Schublade und schrieb den Bericht über diesen Vorfall.

Kapitel 7

Das Jahr 1982

Ich war gerade zwölf Jahre alt geworden und meine ältere Schwester hatte mir zu meinem Geburtstag ein rotes Rennrad geschenkt. Dieses Fahrrad brachte mir den Spitznamen »Roter Blitz« ein. In meiner Freizeit spielte ich im Verein Fußball und war bei der Jugendfeuerwehr aktiv. Ich freute mich, als mein Schulkamerad und Fußballkollege Thorsten in unser Nachbardorf zog. Eigentlich war es im klassischen Sinne kein Dorf, es war vielmehr eine Siedlung, die »Eigenheim« hieß. Die Siedlung wurde um 1900 gegründet, überwiegend bürgerliche Leute bauten sich dort ihr Häuschen. Im Laufe der Jahre waren immer mehr Häuser und Seitenstraßen dazugekommen und bis auf wenige Reihenhäuser standen nun in Eigenheim Einfamilienhäuser. Wenn ich Thorsten besuchen wollte, musste ich genau 1052 Meter zurücklegen. Das weiß ich so genau, weil mein Rennrad natürlich auch mit einem Tachometer und Kilometerzähler ausgestattet war. Der Weg führte mich über die Straße in Richtung Kiel, durch ein kleines Waldstück und an dem alten Wasserwerk vorbei.

Thorstens Eltern hatten ein in die Jahre gekommenes Haus von einer reifen Dame gekauft, die sich entschlossen hatte, sich von dem Erlös einen Platz im Betreuten Wohnen zu leisten. Alle Immobilien, ob alt oder neu, waren in dieser Siedlung in einem sehr guten Zustand. Liebevoll gepflegte Gärten, gestrichene Zäune und tadellose Fassaden prägten das Bild von Eigenheim. Das Haus von Thorstens Familie machte hier jedoch eine Ausnahme. Eine krumme, teilweise vertrocknete Hecke umgab das sechshundert Quadratmeter große Grundstück. Zur Straße hin stand ein alter Drahtzaun, dessen schmale Pfosten durchgerostet waren und umzufallen drohten. Im Vorgarten wucherten die Gräser und allerlei Kräuter. Die Hausfassade bestand aus grauem Putz, der einige Risse aufwies, welche notdürftig weiß verspachtelt worden waren. Die Fensterrahmen bestanden aus Holz, von denen sich der weiße Lack ablöste. Die ehemals weißen Gardinen waren vergilbt. Die Ziegel des hohen Spitzdachs lagen nicht mehr ganz gerade und waren zum Teil von Moos bedeckt. Die Eingangstür, die sich auf der Rückseite des Hauses befand, war ebenfalls in einem jämmerlichen Zustand. Es gab vor dem Umzug also einiges zu tun, und ich war da, um zu helfen.

Thorstens Vater öffnete die Haustür und wir betraten alle den Flur. Es roch eigenartig muffig, als ob irgendwo etwas verfaulen würde. Thorstens Mutter hielt sich die Nase zu und öffnete sofort überall die Fenster, um den schlechten Geruch rauszubekommen. »Jungs, ich hoffe ihr habt gut gefrühstückt, wir haben einen harten Job vor uns«, sagte Thorstens Vater. Dann hörten wir auch schon, wie ein Lkw auf das Grundstück fuhr und den bestellten Schrottcontainer absetzte.

Thorsten und ich durchstöberten erst einmal alle Zimmer und suchten nach brauchbaren Gegenständen. Die Möbel, die sich noch in den Räumen befanden, machten einen alten und verlebten Eindruck. Im oberen Stockwerk befand sich ein Zimmer, das wohl mal jemandem als Büro gedient hatte. Ein Schreibtisch, eine alte Schreibmaschine der Marke Olympia und ein Bücherregal befanden sich in diesem Raum. Die meisten Bücher waren sehr alt und in altdeutscher Schrift verfasst, weshalb wir sie nicht lesen konnten. Dazwischen fanden wir Übersetzungsbücher Portugiesisch-Deutsch, Deutsch-Portugiesisch, die aus dem Jahre 1932 stammten. Es hatte den Anschein, als ob hier jemand versucht hatte, die portugiesische Sprache zu erlernen. In den Lektüren steckten kleine Karten, auf denen die gängigsten Vokabeln standen. Außerdem waren in den Büchern die gebräuchlichsten Wörter unterstrichen.

Wir verblieben mit Thorstens Vater so, dass wir die gesamte Einrichtung in den Container schmissen. Bücher, Schallplatten und alles, was uns noch wertvoll erschien, legten wir beiseite, um es später auf einem Flohmarkt zu verkaufen.

Es vergingen ungefähr drei Wochen, bis das Haus völlig leer war. Alle Möbel waren im Container gelandet. Die Fenster waren von einer Glaserei samt Rahmen abgeholt worden. Der Innen- und Außenputz waren abgeschlagen sowie alle Rohre und Stromleitungen herausgerissen. Auf dem Dach arbeiteten Zimmermänner an einem neuen Dachstuhl und das alte Haus präsentierte sich jetzt als blankes Skelett. Thorstens Vater, der von Beruf Diplomingenieur war, lief mit den alten Bauplänen des Hauses nervös durch die Gegend. Er schaute immer wieder auf den Plan, ging durch alle Räume und verglich. Dann machte er eine Entdeckung, über die sich die Familie sehr freute. Sie freuten sich sehr über das, was sie gefunden hatten, aber niemand fragte nach dem Warum. Wieso kommt ein Mensch dazu, so etwas zu tun?

Kapitel 8

Das Jahr 1943

Seit Jonathans spektakulärer Flucht waren bereits acht Tage vergangen. Sein Weg hatte ihn durch Wälder, über einsame Pfade und Felder geführt. Er hatte sich weder rasiert noch gewaschen und seine verschmutzte Kleidung war teilweise zerrissen. Tagsüber suchte er sich einen sicheren Platz zum Schlafen, um dann im Schutze der Nacht erholt weiterzulaufen. Er ernährte sich von Beeren, die er am Wegesrand fand. Anfangs hatte er noch einen Plan. Er wollte einen Hafen erreichen und sich als blinder Passagier auf ein Schiff schmuggeln. Aber insgeheim erschien ihm seine Situation aussichtslos. Es war nur eine Frage der Zeit, bis ihn jemand entdeckte. Vielleicht eine Polizeistreife oder die gefürchteten Kettenhunde der Wehrmacht, die Jagd auf fahnenflüchtige Soldaten machten. Bei den momentanen Wetterbedingungen konnte er noch im Freien überleben, aber schon in ein paar Monaten würde es anders aussehen. Manchmal wünschte er sich einfach einen Strick, um seinem Leid ein Ende zu machen, aber dann lief er doch weiter.

Am neunten Abend kam er an den Rand eines Dorfes. Der Bauernhof, der fünfhundert Meter vor ihm lag, schien etwas Essbares zu bieten. Im Schutze der Nacht robbte er auf allen vieren dem Hof entgegen. Ihm war klar, dass er sehr viel riskierte, aber der Hunger trieb ihn weiter. Er erinnerte sich, dass es in Polen auf jedem Bauernhof auch einen Hund gab, der aufpasste, dass keine Diebe kamen. Er robbte an einem Hühnerstall vorbei, bis er auf eine große Scheune stieß. Leise und ganz vorsichtig schob er das eiserne Scharnier hoch und öffnete die Tür nur einen kleinen Spaltbreit. Vielleicht befand sich dahinter der vermutete Wachhund, der schon mit fletschenden Zähnen auf ihn wartete. Aber es blieb ruhig. Er betrat die Scheune und schloss hinter sich die Tür. Mit vorsichtigen Schritten ging er durch den großen Raum und schaute sich um. Aus einer Kiste nahm er sich eine Kartoffel und aß sie gleich roh mit Schale. Dann steckte er sich die Taschen voll und schaute sich weiter um. Aber es gab weit und breit nichts mehr, was essbar gewesen wäre.

Vorsichtig schlich er wieder zurück zum Scheunentor, durch das er gerade hereingekommen war. Hier wunderte er sich, weshalb jetzt die Tür einen Spaltbreit offenstand und etwas Licht in die Scheune fiel. Er öffnete sie nur ein kleines Stück weiter, sodass er gerade durch den Spalt hindurchpasste, und schlich ins Freie. Doch plötzlich spürte er etwas Kaltes an seinem Hinterkopf und hörte eine Stimme, die etwas auf Deutsch sagte. Jonathan verstand nichts, aber das brauchte er auch nicht. Er drehte sich um und schaute in den Lauf einer Schrottflinte, die alle Sprachen der Welt sprach.

Der Seniorbauer hielt das Gewehr fest in seiner Hand und führte seinen Gefangenen in den Kuhstall. Dabei machte er so einen Lärm, dass die ganze Familie aufwachte. Sein fünfunddreißigjähriger Sohn Peter Heinrich kam zuerst in den Kuhstall, es folgten die junge Ehefrau von Peter Heinrich und seine Mutter. »Guckt mal, was ich hier gefasst habe. So sieht ein Eier- und Schinkendieb aus. Die Gänse haben dich verraten, mein junger Freund. Woher kommst du oder soll ich gleich die Polizei rufen?«, rief der aufgebrachte Bauer Jonathan zu.

Aber mit der Zeit bemerkten alle, dass ihr Gefangener kein Deutsch verstand. »Peter, hole mir mal den Józef, vielleicht kann der uns weiterhelfen«, wies der Seniorbauer seinen Sohn an. Józef war einer von drei polnischen Arbeitern, die dem Bauern von Berger zugeteilt worden waren. Die drei übernachteten in einer gut ausgestatteten Holzhütte, in der vormals die landwirtschaftlichen Gehilfen ihren Platz hatten. Józef sprach ganz gut Deutsch, weil seine Großmutter gebürtig aus Berlin stammte. Als er noch ein kleiner Junge war, hatte sie oft zu ihm gesagt, er müsse Deutsch lernen, weil das die Zukunft sei. Als

Józef morgens den Kuhstall betrat und Jonathan auf Polnisch ansprach, schlug die Uhr gerade zwei. Jonathan erzählte seinem Landsmann, was er die letzten Tage durchgemacht hatte und Józef übersetze es dem Bauern und seiner Familie. Sie hörten gespannt zu und konnten kaum glauben, was sie da hörten. Sie hatten allerdings auch keinen Zweifel daran, dass es stimmte. Sie hatten bereits von vielen Gräueltaten gehört, aber nie einen Beweis dafür erhalten. Sie beschäftigten sich auch nicht wirklich damit. Sie hatten selbst ihre Sorgen und Nöte und keinen Platz für die Probleme anderer.

Nun gingen alle in die Küche und die alte Bäuerin heizte den Ofen noch einmal an. In einer schweren Pfanne briet sie Speck, Zwiebeln und die übrig gebliebenen Kartoffen vom letzten Mittagessen an. Dann schlug sie drei Eier darüber, vermischte alles miteinander und servierte es Jonathan mit einer sauren Gurke. Jonathan schlang das Essen hastig runter. Und der Bauer holte noch vier Bier aus der Speisekammer, für jeden Mann eines.

»Und was jetzt?«, fragte Peter Heinrich seinen Vater.

Der Seniorbauer war unentschlossen. »Ich weiß nicht, aber wir können ihn nicht Berger übergeben. Ich weiß zwar nicht genau, was die mit ihm machen werden, aber es wird garantiert nichts Gutes sein.«

Józef schlug vor, ihn auf dem Dachboden der Scheune zu verstecken.

»Ja«, stimmte der Senior zu, »das können wir machen. Wenn Berger zum Kassieren kommt, darf er ihn nicht sehen. Vor allem aber darf er nicht merken, dass jetzt vier von euch hier arbeiten. Er kann sich bestimmt nicht an eure Gesichter erinnern, aber zählen kann die Sau sicher.«

Die junge Bäuerin stand die ganze Zeit schweigend mit ihrem Säugling auf dem Arm am Ofen, doch schließlich brach sie ihr Schweigen: »Wenn das rauskommt, dann sind wir alle dran. Einem Flüchtigen zu helfen, bedeutet mindestens Zuchthaus.«

Alle schauten sich nach diesem Einwand schweigend an.

Kapitel 9

Die Jahre 1985 und 1986

Ich nenne diese Jahre gerne meine Tat- und Drangzeit. Wie so viele Jugendliche rebellierte auch ich und brach aus, wo ich nur konnte. Meine Schulnoten ließen zu wünschen übrig und meine Hausaufgaben machte ich meistens auf dem Weg zur Schule, vorzugsweise im Schulbus. Mein schlechtestes Schulfach war zweifellos Mathematik. Die Lehrerin, eine dünne Frau in den Vierzigern, mochte mich wohl auch nicht besonders. Sie sprach mich auch nie mit meinem Vornamen an, sondern stets mit meinem Nachnamen. Davor setzte sie ein »Herr« oder »Monsieur«, um meine Bequemlichkeit zu unterstreichen. Sie verstand es, jemanden mit binomischen Formeln, Tangenten, Scheitelpunkten, Kosinus, Sinus und Tangens zu quälen. Nicht selten stand unter meinen Mathematikarbeiten ein »Mangelhaft« mit der Bemerkung »äußerst faul«. Physik konnte ich dafür umso besser. Na ja, eigentlich hat mich Physik überhaupt nicht interessiert, aber die Lehrerin umso mehr. Sie war sechsundzwanzig Jahre alt und hatte gerade ihre Referendarzeit überstanden. Sie erfreute sich bei allen männlichen Schülern einer großen Beliebtheit, sodass wir sie auch gleich zur Vertrauenslehrerin wählten.

Der April war immer ein guter Monat, denn da konnte ich viel Geld verdienen. Auf dem großen Gutshof gab es einen Job, der hieß ganz einfach »Steine sammeln«. Ein Trecker mit Anhänger fuhr im Schritttempo über das Feld. Links und rechts des Anhängers gingen jeweils zwei von uns Jugendlichen mit einer Forke in der Hand. Jeder Stein, der auf die Gabel passte und nicht zwischen den Zinken durchfiel, wurde auf den Anhänger geworfen. Das sollte verhindern, dass die großen Steine in die Messer des Mähdreschers gerieten. Wenn das passierte, konnte das teure Mähwerk beschädigt werden und das große Gefährt war erst einmal außer Betrieb. Der Job war ziemlich anstrengend, weil der Boden im April meistens noch recht weich und matschig war. Das feuchte Erdreich klebte an den Stiefeln und machte das Gehen zum Kraftakt.

Als wir die Koppel nach Steinen absuchten, die sich in der Nähe des Oldtimers befand, warf ich noch einmal einen Blick auf das alte Auto. Es war jetzt nach all den Jahren noch weiter zugewachsen und man konnte es nur noch mit großer Mühe erreichen.

Das Steinesammeln zählte zu den lukrativsten Jobs weit und breit. Ich verdiente damals acht Mark die Stunde, was der Höhe meines Taschengeldes für die gesamte Woche entsprach. Der Job dauerte um die zwei Wochen, dann hatten wir die zweihundert Hektar Land von Steinen befreit. Anfang Mai kam der Zahltag. Wir fünf Jugendlichen, vier Sammler und ein Fahrer, standen im Büro des großen Hauses. Der Gutsherr öffnete seinen Tresor, holte ein Bündel Geld heraus und schaute auf unsere Stundenzettel. Über sechshundert Mark hatte ich in den zwei Wochen verdient. Das war für mich ein Haufen Geld, geradezu ein Vermögen.

Danach ging es zum Bauern Heinrich. Der hatte sehr viel weniger Land und wir machten den Job in zwei bis drei Tagen. Dafür gab es pauschal 20 Mark Lohn und einige Geschichten über sein Flugabwehrgeschütz, das in unserem Dorf gestanden und das er während des Krieges bedient hatte.

An den Wochenenden ging es meistens mit den anderen in die Diskothek. Das Ritual vor dem Diskobesuch war immer gleich. Wir kauften uns eine Palette Bier in einem Discounter. Auf einer Palette waren vierundzwanzig Dosen à 0,39 Pfennig. Dann brauchten wir noch ein Glas und ein Kartenspiel. Das Glas stellten wir in die Mitte eines Tisches und füllten es mit Bier. Im Uhrzeigersinn zog jetzt jeder von uns eine Karte. Derjenige, der ein Ass bekam, musste das Glas auf ex austrinken. Nach dreißig Minuten war das Bier leer und wir waren voll. Wir nannten diesen Prozess immer »Vorglühen« und das Bier erhielt den Namen

»Discounter Sterbehilfe«, weil es schrecklich schmeckte. Dann fuhren wir mit dem Bus nach Kiel, in die Bergstraße. Dort gab es mehrere Diskotheken, die mit dem folgenden Spruch warben: Bei uns kann jeder so sein, wie er will. Und dort konnte jeder tatsächlich so sein, wie er wollte, Hauptsache ausgefallen. Eine der Diskotheken hieß Böll und eine andere Tucholsky, obwohl ich noch heute glaube, dass die meisten Besucher mit diesen Namen nicht viel anfangen konnten. Es liefen in der Bergstraße, die auch Zappelgasse genannt wurde, allerlei merkwürdige Gestalten durch die Nacht. Punks, Skinheads, Jugendgangs, aber auch Normalos suchten dort in den alten Kellern ihr Vergnügen.

Gegen ein Uhr morgens kam ich dann für gewöhnlich wieder von der Disko nach Hause. Auch hier war das Ritual stets gleich. Ich schlich ums Haus und klopfte leise an die Scheibe des Zimmers, in dem mein jüngerer Bruder schlief. Sein Zimmer hatte eine Tür, die zum Garten hinausführte. Er öffnete sie mir und ich schlich unbemerkt in mein Domizil. Am nächsten Morgen, so gegen zehn Uhr, pflegte ich dann den neuen Tag zu beginnen. Kaum traf ich meine Mutter, da fuhr sie mich auch schon an: »Wo warst 'n wieder die ganze Nacht? Kannst du nicht mal anrufen? Ich liege im Bett und kann die ganze Nacht nicht schlafen.«

Dann gab mein Vater noch seinen Senf dazu und sagte: »Mensch, Mensch, Mensch.«

Mensch, Mensch, Mensch, das sagte er immer, außer einmal, da gab er etwas anderes von sich. Ich schlich mich nach meiner nächtlichen Tour nicht wie üblich auf mein Zimmer, sondern in die Küche, weil ich noch Hunger hatte. Volltrunken saß ich am Küchentisch und aß Toast mit irgendetwas. Dann legte ich mich auf die Eckbank und schlief ein. Als mein Vater am nächsten Morgen die Küche betrat, um das Frühstück herzurichten, und mich da liegen sah, sagte er: »Was ist denn jetzt los?«

Ich konnte diese Aussage jedoch nicht bestätigen, da ich mich zu diesem Zeitpunkt in einer Tiefschlafphase befand.

Aber was sie auch sagten, ich habe alles gut verkraftet. Nach dem Aufstehen trank ich einen Kaffee und ging duschen. Dann wurde es schnell zwölf Uhr und es gab Mittagessen. Danach war es Zeit, einen ausgiebigen Spaziergang mit unserem Hund Oscar zu machen.

Das lief an allen Wochenenden so ab, außer an einem, da wurde ich von der Polizei nach Hause gefahren. In der Stadt gab es eine neue Diskothek namens Musikzirkus. Es war ein großes Zirkuszelt, das zu einem Musikzelt ausgebaut worden war. Dort hielten wir uns jetzt an den Samstagen auf. Norbert, der ältere Bruder eines Klassenkameraden, stellte mich zwei seiner Arbeitskollegen vor. Alle drei waren in der Ausbildung als Schlosser auf der HDW-Werft in Kiel. Norbert hatte die Angewohnheit, jedem einen Spitznamen zu geben, der nach seiner Auffassung passend war. Dabei achtete er peinlich genau darauf, dass dieser Name lustig war und die Person ins Lächerliche zog. Einen seiner Kollegen nannte er Möse, weil er mit Nachnamen Scheide hieß. Fortan nannte ihn jeder Möse. Dem anderen Kollegen gab er den Spitznamen »Zähnlein Brillant«, weil er total kaputte und faule Zähne hatte. Allerdings durfte Zähnlein, wie er ihn auch nannte, das nicht hören. Zähnlein war bestimmt zwei Meter groß, stämmig und machte insgesamt einen recht ungepflegten Eindruck. Wenn er wütend würde, sollte man ihm besser aus dem Weg gehen, so Norberts Ratschlag. Später kam noch Norberts Freundin Andrea für einen Moment dazu, sie trug den Spitznamen Mili & Vanilli aufgrund ihrer gut entwickelten sekundären Geschlechtsmerkmale.

Norbert, seine beiden Kollegen und ich verbrachten den Abend miteinander. Gegen elf Uhr beschlossen Zähnlein Brillant und Norbert, nach Hause zu gehen. Möse und ich blieben noch im Musikzirkus bis zum letzten Lied, das unmissverständlich klarmachte, dass jetzt Schluss ist. Es war gegen ein Uhr dreißig, als wir den Musikzirkus verließen. Mit großem Entsetzen stellte ich fest, dass kein Bus mehr in meine Richtung fuhr. Normalerweise wäre ich jetzt die acht Kilometer gelaufen, aber Möse meinte, wir sollten zum Bahnhof gehen. »Hey, dort können wir uns Fahrräder klauen. Das geht ganz schnell und du bist ruck, zuck zu Hause«, sagte er zuversichtlich.

Nach kurzem Überlegen willigte ich ein und wir machten uns auf den Weg zum Hauptbahnhof, der nur wenige Minuten entfernt lag. Während unseres Fußmarsches durch die Nacht unterhielt mich Möse mit einem AC/DC-Song namens TNT, den er immer wieder neu begann. Nach zehn Minuten erreichten wir den Hauptbahnhof. Wir waren nicht die einzigen Nachtschwärmer, die sich hier einen fahrbaren Untersatz beschaffen wollten. Auf dem großen Vorplatzgelände des Bahnhofes standen viele Räder, die zumeist an einem Geländer angekettet waren. Ungefähr sieben Jugendliche arbeiteten bereits daran, die Schlösser an den Fahrrädern zu öffnen. Meistens gelang ihnen das auch, aber die Eigentümer ketteten die Räder vorsorglich doppelt an und somit war der Erfolg nur mäßig. Auch Möse machte sich gleich an die Arbeit. Er war sehr geübt und schon nach wenigen Minuten flog das erste Schloss auf den Vorplatz des Bahnhofs. Abwechselnd saß und stand ich und beobachtete die Jungs bei ihrer nächtlichen Arbeit. Leider, oder auch zum Glück, konnte ich mich an dieser Aktion nicht beteiligen, da ich die Kunst des Schlossknackens nicht beherrschte. Auf dem großen Bahnhofsvorplatz standen einige Taxen und die Fahrer beobachteten uns bei unserem nächtlichen Treiben. Plötzlich rief jemand: »Die Bullen kommen!«

Ich schaute mich um und sah einen Polizeiwagen, wie er gerade auf das Bahnhofsgelände einbog. Wir rannten alle los. Der Polizeiwagen schaltete sein Blaulicht ein und die Beamten nahmen die Verfolgung auf. Möse lief ein paar Meter vor mir her, da sahen wir einen weiteren Polizeiwagen, der direkt auf uns zu gefahren kam. Schnell rannten wir die Treppe hinauf und betraten durch den Westeingang die leere Bahnhofshalle.

Wir rasten in vollem Tempo durch den Bahnhof und wollten auf der anderen Seite des Gebäudes wieder raus. Unser Plan wurde durchkreuzt von einem weiteren Einsatzfahrzeug der Ordnungshüter, das bereits mit blinkenden Blaulichtern vor dem Ausgang auf uns wartete. Möse legte sich beinahe lang hin, als er eine wenig elegante Neunzig-Grad-Kurve nach links zog und auf den Haupteingang zu lief. Zwei stämmige Polizeibeamte kamen schnellen Fußes die Treppe des Haupteinganges hoch gelaufen und Möse sprang ihnen prompt in die Arme. Er hatte an diesem Abend der damaligen Mode Rechnung tragen müssen. In den achtziger Jahren trugen wir zur Jeans gerne Cowboystiefel, die leider die Eigenschaft besaßen, dass sie auf dem Steinboden des Bahnhofes sehr rutschig waren. Ich hingegen hatte mich an diesem Abend für meine »Tennis Special« von Adidas entschieden, die auf dem glatten Boden der Bahnhofshalle eine super Haftung hatten. Ich suchte nach einem Ausweg und lief in einen Gang hinein. »Jetzt Ruhe bewahren«, sagte ich zu mir selbst. Auf der rechten Seite reihten sich Schließfächer aneinander und auf der linken Seite standen große Gepäckwagen. Ich beschloss, unter einen dieser Wagen zu kriechen und abzuwarten. Ich blieb ruhig liegen und entschied, erst wieder aus meinem Versteck zu kommen, wenn sich die Situation beruhigt hatte. Es geschah einige Minuten nichts, dann hörte ich das Bellen von Hunden, was mich etwas nervös machte. Plötzlich vernahm ich Schritte, die erst leise und dann immer lauter wurden. Dann sah ich schwarze Schuhe, eine grüne Hose und die Schritte verstummten. Ein Polizeibeamter bückte sich und sagte: »Komm mal raus da.«

Also kam ich herausgekrochen und er legte mir gleich Handschellen an und kettete mich an einem Metallpfeiler fest. Dann schaute er unter den anderen Wagen nach, ob sich dort weitere Flüchtige befanden. Ich war aber offensichtlich der Einzige gewesen, der auf diese geniale Idee gekommen war, sich unter einem Gepäckwagen zu verstecken. Nach einigen Minuten löste der

Beamte wieder die Handschellen vom Pfosten und führte mich zu einem Polizeibus, der bereits voll mit Jugendlichen besetzt war.

Wenig später fanden wir uns alle auf der Polizeiwache in der Blumenstraße wieder, die auch ganz einfach »die Blume« genannt wurde. Die Polizeiwache in der Blumenstraße hatte einen zweifelhaften Ruf. Zum Aufgabengebiet der Beamten gehörte das Vergnügungsviertel mit den Spielcasinos und Bordellen. Außerdem sorgten sie für Recht und Ordnung im Bereich der Bergstraße und im Bahnhofsviertel. Die Ordnungshüter hatten also stets mit Personen zu tun, von denen viel Ärger ausging. Sie selbst mussten deshalb hart zupacken können, um dem Gesetz Gehör zu verschaffen, und dafür waren sie auch bekannt. Als wir auf der Wache ankamen, setzte man mich gleich in den Wachraum, um mich zu vernehmen. Drei Polizisten waren damit beschäftigt, die anderen Festgenommenen in die Zellen zu bringen. Im Wachraum arbeiteten mehr als zehn Polizeibeamte, die zumeist an ihren Schreibtischen saßen und auf ihren Schreibmaschinen tippten. Aus dem Keller, wo sich die Zellen befanden, drang ein gewaltiger Krach nach oben. Bullenschweine, Arschlöcher und andere Ausdrücke warf man den Beamten an den Kopf, was die aber sehr gelassen hinnahmen.

Ich hingegen saß vor dem Schreibtisch des Polizisten, der mich festgenommen hatte. Während er einen Kaffee trank, schrieb er die Daten meines Personalausweises auf. Dann sagte er zu seinem Kollegen, der ihm gelangweilt gegenübersaß: »Weißt du, wo ich den aufgetrieben hab?«

Der Kollege schüttelte den Kopf.

»Unter einem Gepäckwagen hat der sich versteckt. Mensch, Junge«, sagte er zu mir, »ich hab dich schon von Weitem gesehen. Du versteckst dich wohl auch hinter einer Glastür, was? Warum bist du denn nicht geradeaus auf die Gleise gelaufen?«, fragte er.

»Na, da wären Sie mir ja wohl hinterhergelaufen, oder nicht?«, antwortete ich.

»Für ein Fahrrad? Für ein Fahrrad lauf ich doch am frühen Morgen nicht auf die Gleise.« Der Polizist schaute seinen Kollegen fragend an, der zog die Mundwinkel nach unten und nickte.

Dann kam ein älterer Beamter vorbei, der offensichtlich der Dienststellenleiter war und Rolf hieß. Er blieb kurz am Schreibtisch stehen, schaute in meinen Personalausweis und wurde gefragt: »Rolf, was machen wir denn mit dem?«

Der Dienststellenleiter schaute prüfend auf meinen Ausweis und sagte: »Fahrt den mal nach Hause und sprecht mit seinen Eltern.«

Eine Stunde später empfing mich meine Mutter an der Haustür, zwei uniformierte Herren eskortierten mich ins Haus. Der Blick, mit dem ich begrüßt wurde, bedurfte keiner weiteren Kommentare. Wir setzten uns ins Wohnzimmer und die Polizisten erzählten meiner Mutter, dass die Angelegenheit an die Staatsanwaltschaft weitergeleitet werden würde. Es sei aber sehr unwahrscheinlich, dass es zu einer Anklage käme, weil es belanglos sei. »Aber, Freundchen«, ermahnte mich der eine, »ich will dich nicht noch einmal auf der Wache sehen. Ich hoffe, das war dir eine Lehre.«

Es war mir eine Lehre und ich hatte nie wieder etwas mit der Polizei zu tun.

Kapitel 10

Das Jahr 1944

Es war heller Tag, als die Sirenen Fliegeralarm meldeten. Dreimal Dauerton von je 12 Sekunden, dann einmal Dauerton von einer Minute und jeder wusste, was er zu tun hatte. Auch Fiete Kunze, Peter Heinrich und der sechzehnjährige Volker rannten an ihren Platz. Gemeinsam liefen sie über eine Koppel, bis sie das kleine Waldstück erreicht hatten. Dort zogen sie die Plane von der 8,8-Zentimeter-Flak und machten sie schussbereit. Das Flugabwehrgeschütz gehörte zu den schweren Flakgeschützen, die gegen hoch fliegende Flugzeuge eingesetzt wurden. Es konnte zehn Kilometer hoch fliegende Flugzeuge wirksam bekämpfen und fünfzehn Kilometer weit feuern.

Fiete Kunze saß im Sitz des Geschützes und hielt den Abzug fest in seiner rechten Hand. Peter Heinrich drehte an dem Zahnrad und kurbelte das Geschützrohr hoch und Volker legte die Munition zum Nachladen bereit. Dann warteten sie und hielten Ausschau.

Vor einigen Monaten waren sie noch zu viert gewesen. Heino Schlüter, der zuerst als Geschützführer fungiert hatte und auch eine entsprechende Ausbildung vorweisen konnte, war zur Wehrmacht abkommandiert worden. Vor sieben Wochen hatte seine Mutter einen Brief zugeschickt bekommen. Eigentlich konnte man es nicht als richtigen Brief bezeichnen, es war eher ein kleines Stück Papier, auf dem das Folgende stand:

Leider müssen wir Ihnen mitteilen, dass Heino Schlüter bei der Erfüllung seiner Pflicht für Führer, Volk und Vaterland am 03. März 1944 im Lazarett an der Ostfront gefallen ist. Wir übermitteln Ihnen unser herzliches Beileid.
W. Werner, Hauptmann

Volker war seit drei Monaten als Flakhelfer eingeteilt. Seine Ausbildung, bei der er in Waffentechnik, Flugzeugerkennung und in Ballistik geschult worden war, hatte er in einer Kaserne an der Nordsee absolviert. Er hatte wirklich Glück gehabt, dass er in seinem Heimatdorf den Dienst verrichten durfte. Viele seiner Klassenkameraden aus der Oberschule waren weit von zu Hause eingesetzt.

Peter Heinrich schaute durch seinen Feldstecher in Richtung Westen, als er das Donnern einer Flak hörte. Dann tauchten einige feindliche Flugzeuge am Horizont auf. Sie überflogen die Stadt und hatten bisher nur wenig von ihrer todbringenden Ladung abgeworfen. Jetzt mussten sie unweigerlich das kleine Dorf überfliegen, wo die drei schon feuerbereit auf sie warteten. Manchmal zog ein Bomber bereits einen schwarzen Steifen Rauch hinter sich her, weil ein Abfangjäger oder eine Flak am anderen Ende der Stadt ihn schon getroffen hatte. Als die Flugzeuge sich in der Reichweite des Geschützes befanden, ließ Fiete Kunze es losdonnern. In gleichmäßigen Abständen schoss er auf die feindlichen Flugzeuge, die sich in ungefähr sieben Kilometer Höhe befanden. Nach zehn Minuten herrschte wieder Stille. Es war ein kleiner Verband amerikanischer Aufklärungsflugzeuge gewesen, die stets tagsüber kamen. Wenn die Briten ihre Einsätze flogen, taten sie dies stets im Schutze der Nacht.

Die Sirenen gaben Entwarnung und jeder ging wieder seiner gewohnten Arbeit nach.

Kapitel 11

Das Jahr 1987

Ich hatte meinen Schulabschluss in der Tasche und machte mich auf die Suche nach einer Lehrstelle. Mir war klar, dass ich mein Leben ändern musste und das wollte ich auch. Nicht, dass ich ein großer Spitzbube gewesen wäre, aber ich war äußerst bequem und faul. Auf der anderen Seite hatte ich niemals Drogen genommen und rauchte nicht einmal. Ich trieb viel Sport und war immer noch bei der Jugendfeuerwehr aktiv. Aber egal, eine Lehrstelle musste her, die bekam ich auch. Am 01. September 1987 begann ich eine Ausbildung zum Restaurantfachmann im wohl bekanntesten und vielleicht auch besten Restaurant in Kiel. Wie die meisten Tätigkeiten im Dienstleistungsbereich wird auch dieser Beruf unterschätzt. Eine Station, die von einem Chef de Rang geleitet wird, besteht aus vier Tischen. Ihm zur Seite steht ein Commis de Rang, was so viel heißt wie Gehilfe der Station. Neben Flambieren, Filetieren und Tranchieren muss man auch das Servieren perfekt beherrschen. Weinkunde, Cocktails mixen und allgemeine Fachkunde sind in der gehobenen Gastronomie unerlässlich. Das Wichtigste ist aber, immer die Übersicht zu behalten und jeden Arbeitsablauf zu planen.

Ein älterer Chef de Rang zeigte mir sehr überzeugend, dass man auch als Kellner eine gewisse Macht besitzt. Er hatte sich einen gebrauchten Mercedes geleistet. Nun machte ihm das Fahrzeug einige Probleme und der Verkäufer wollte die Mängel nicht beheben lassen. Der Kellner erzählte allen Gästen, die zumeist auch diese Nobelmarke fuhren, wie unzufrieden er mit diesem Autohaus sei. Er ließ bei seinen Ausführungen kein gutes Haar an dem Unternehmen. Es hat dann auch nicht lange gedauert, bis er ein Schreiben von der Geschäftsleitung höchst persönlich bekam. Ihm wurde die Zusage gemacht, dass sämtliche Mängel umgehend von der Werkstatt beseitigt würden. Offensichtlich hatten einige namhafte Gäste seine Klage bis in die Führungs-spitze des Autohauses weitergetragen.

Mir machte die Arbeit im Restaurant Spaß und es gab viel Prominenz zu sehen. Die erste große Persönlichkeit, die ich bedienen durfte, war der damalige Ministerpräsident Uwe Bar-schel. Im September 1987 saß der Ministerpräsident mit seinen Beratern im separaten Stockholm-Zimmer. Beim Servieren des Hauptganges fiel mir auf, wie abgespannt und überarbeitet der Mann aussah. In seinem Gesicht konnte man ablesen, dass er einen harten Job hatte. Einen Monat später, am 11. Oktober 1987, fand man Uwe Barschel tot in der Badewanne im Hotel Beau Rivage in Genf auf. Monatelange Ermittlungen ergaben: Es war Selbstmord. Aber viele Leute, darunter auch seine Gattin, zwei-felten an dieser Selbstmordtheorie. Bereits im Mai des gleichen Jahres hatte der Ministerpräsident einen Flugzeugabsturz in Lübeck überlebt. Sein Leibwächter und auch die beiden Piloten waren dabei ums Leben gekommen. War das vielleicht schon ein Anschlag auf das Leben des CDU-Politikers gewesen? Nach dem Tod von Uwe Barschel gab es viele Spekulationen über die Umstände. Der jüngste Ministerpräsident der Bundesrepublik Deutschland galt als skrupellos, machtbesessen und man äu-ßerte die Vermutung, er sei vielleicht von der Mafia beseitigt worden. Der Grund: eine Waffenlieferung für den Iran-Irak-Krieg, die über Schleswig-Holstein laufen sollte und die Uwe Barschel aufgedeckt hatte.

Die Barschel-Affäre beschäftigte das Land damals sehr, aber mein Leben ging weiter. Es verstrichen drei Monate und ich hatte gerade die Probezeit bestanden, als das Telefon klingelte. Gegen-über dem Restaurant war eine bekannte Spedition und Reederei ansässig, die überwiegend Geschäfte mit Skandinavien abwi-ckelte. Die Sekretärin des Unternehmens bestellte kurzfristig bei meinem Chef ein kaltes Buffet für zwölf Uhr.

»Ja«, sagte mein Chef, »das können wir schon machen, aber ich habe kein zusätzliches Personal zur Verfügung. Ich kann

Ihnen aber unseren Auszubildenden schicken, der macht das auch ganz gut.«

Ich packte die Arbeitsmaterialien, die ich für meinen Service brauchte, zusammen und der Hausmeister fuhr mich mit dem Ford Transit zur Reederei. Dort richtete ich in einem kleinen Raum alles her. Geräucherter Lachs, Garnelen, Hummer, Pasteten, Roastbeef und verschiedene Soßen standen zur Wahl. Ich wurde schon ein bisschen nervös, denn ich war das erste Mal ganz auf mich alleine gestellt. Als die Herrschaften schließlich nach der Besprechung in den eleganten Speiseraum traten, öffnete ich den Champagner und alles lief wie von selbst. Dem Gespräch der Geschäftsleute konnte ich entnehmen, dass einige von ihnen Schweden waren. Sie hatten der Spedition zehn 40-Tonner Scania Lkws verkauft und spendierten zum Geschäftsabschluss ein kaltes Buffet. Nach einer guten Stunde fing ich an aufzuräumen. Da kam eine Dame auf mich zu und sprach mich mit schwedischem Akzent an: »Das haben Sie wirklich ganz toll gemacht, wir waren sehr zufrieden.« Dann gab sie mir die Visitenkarte ihrer Firma, auf der ihre Geschäftsadresse stand, an die mein Chef die Rechnung schicken sollte. Danach drückte sie mir noch einen Fünfzigmarkschein in die Hand und sagte: »Das ist für Sie, weil Sie alles so gut gemacht haben.«

Ich bedankte mich für das großzügige Trinkgeld und während wir uns noch eine ganze Weile nett unterhielten, packte ich meine Sachen zusammen. Sie wollte alles über meinen Beruf wissen. Wie lange die Ausbildung dauern würde, seit wann ich dabei sei und was ich später mal machen wollte. Als der Hausmeister mich wieder abholte, neigte sich mein Arbeitstag dem Ende zu. Auf dem Weg nach Hause war ich sehr zufrieden mit mir. Nicht nur wegen dem guten Trinkgeld, auch weil ich einen guten Job gemacht hatte.

Wenige Wochen später, es war an einem Freitag gegen neunzehn Uhr, geschah etwas, womit ich nicht gerechnet hatte. Ich arbeitete im Kellner-Office und sortierte die Weinkarten neu. Dann ging ich ins Restaurant, um die Karten auf die einzelnen Stationen zu verteilen. Als ich das Restaurant betrat, saß an Tisch elf eine Person, die ich kannte. Ich schaute genau hin, ja, sie war es, die schwedische Dame, die ich bei der Reederei kennengelernt hatte. Sie saß vor einem Glas Rotwein und winkte mir zu. Ich ging gleich zu ihr und begrüßte sie freundlich mit den Worten: »Wie schön Sie zu sehen. Sie sind wieder in Deutschland.«

»Ja, aber diesmal nicht geschäftlich. Ich bin mit der Stena Scandinavica aus Göteborg gekommen und mache mal zwei Tage Urlaub«, sagte sie.

»Wollen Sie sich nur die Stadt anschauen oder auch ein bisschen aufs Land fahren?«, fragte ich und fügte dann noch hinzu: »Die Holsteinische Schweiz ist sehr schön. Obwohl, jetzt im Dezember ist es auch sehr kalt.«

»Nein, ich schaue mir nur ein bisschen die Stadt an und vielleicht auch das Nachtleben.«

»Oh, das Nachtleben ist in Kiel nicht so aufregend«, informierte ich sie prompt. »Wenn Sie richtig was erleben wollen, dann müssen Sie schon nach Hamburg fahren.«

»Welches Lokal besuchen Sie denn nach der Arbeit? Sie müssen sich doch auskennen in Ihrer Stadt«, fragte sie nun etwas zögerlich, als wollte sie sich für diese Frage fast entschuldigen.

Spontan antwortete ich: »Ich habe gleich frei, aber freitags gehe ich meistens früh zu Bett, damit ich samstags wieder fit bin.«

Sie stellte überrascht fest, dass man daran wohl nichts ändern könne. Just in diesem Moment winkte mich der Maitre d´Hôtel, was zu Deutsch Oberkellner heißt, zu sich. Er gab mir die Anweisung, bei der Gesellschaft im Uhrenzimmer zu helfen. Ich tat, was er sagte, und fluchte auf dem Weg dort hin noch vor mir her: »Verdammt, die Frau hat dich gerade eingeladen und du Idiot redest von früh ins Bett gehen.« Ich ärgerte mich noch eine ganze Weile, dass ich so unangemessen reagiert hatte.

Nachdem ich den Job im Uhrenzimmer in Windeseile verrichtet hatte, ging ich noch einmal zu Tisch elf, aber es war zu spät. Das Einzige, was noch an ihren Besuch erinnerte, war das halb ausgetrunkene Glas Rotwein und der Duft ihres Parfüms, der noch in der Luft hing.

»Hey, junger Mann, du stehst da rum wie Falschgeld! Geh mal an die Garderobe und hilf der Dame in den Mantel«, fuhr mich der Maitre von hinten an.

Ich drehte mich um und da stand sie, die Dame, die gerade noch an Tisch elf gesessen hatte. Sie stand vor der Garderobe und suchte ihren Mantel unter den vielen anderen Mänteln. Ich eilte zu ihr und fragte: »Kann ich Ihnen helfen?«

»Ja, ich suche meinen Mantel. Er ist dunkelblau und am Kragen etwas abgesetzt«, antwortete sie, überrascht, mich noch einmal zu sehen.

»Ich weiß nicht, wie ich es sagen soll«, begann ich nun mit zögerlicher Stimme, »aber wenn Sie möchten, dann zeige ich Ihnen heute Abend noch etwas von Kiels aufregendem Nachtleben.«

»Gerne, aber nur wenn Sie nicht zu müde sind«, scherzte sie und lachte dabei.

Um zwanzig Uhr hatte ich Feierabend und wir trafen uns auf dem Parkplatz vor dem Restaurant. Meine Stammdiskothek war mittlerweile das »le Etage«, die, wie der Name schon vermuten lässt, im oberen Stockwerk eines Hauses lag. Bekannt in Kiel als eine sehr noble Diskothek mit Bar, in der man auch nur sitzen und sich unterhalten konnte. Meine Freunde und Kollegen besuchten mit ihren Freundinnen auch oft diese Disko. Viele von ihnen kannte ich seit meiner Grundschulzeit. Die meisten waren etwas älter als ich und hatten bereits ihre Ausbildung abgeschlossen. Es ging ihnen finanziell recht gut und sie fuhren alle, schon fast als eine Art Markenzeichen, 316i BMWs. Die Mädchen, die sie an ihrer Seite hatten, kannte ich besser als sie selbst. Jahrelang hatte ich mit ihnen dieselbe Schulbank gedrückt. Manchmal, wenn ich eines der Mädchen in der Stadt traf, konnte es durchaus sein, dass wir dann den ganzen Tag miteinander verbrachten. Wir verstanden uns gut, aber mehr ist da nie gelaufen. Vielleicht war ich zu arm. Ich hatte kein Auto, ja, noch nicht einmal einen Führerschein. Mit meinem kargen Lehrlingsgehalt von 290 Mark konnte ich keiner Frau so richtig imponieren, geschweige denn ihr etwas bieten. Doch ich glaube, dass ich so ein Typ war, den sich die Mädchen gern für schlechte Zeiten warmhielten. Nach dem Motto: Den hab ich sicher, wenn mal nichts Besseres kommt.

Meine schwedische Begleitung und ich legten den Weg zum »le Etage« zu Fuß zurück. Es dauerte zwar nur zehn Minuten, bis wir dort ankamen, aber der kalte Dezember machte den Spaziergang nicht besonders angenehm. Als wir die Bar betraten, fielen meinen Freunden fast die Augen aus den Köpfen. Auch andere Diskobesucher, die ich nur vom Sehen kannte, schauten sich nach uns um und staunten. Meine Begleiterin war das, was man eine Naturschönheit nennt, aber ohne dabei aufreizend oder gar billig zu wirken. Schminke, Make-up oder Lippenstift benutzte sie nicht. Es wäre auch Geldverschwendung gewesen, denn diese Dinge hätten sie nicht noch schöner machen können. Sie war eine Frau um die dreißig. Ihre glatten, blonden Haare fielen ihr um die Schultern und ihre blauen Augen funkelten im Licht der Bar. Ihre Haut war leicht gebräunt und erinnerte an die Farbe eines Milchkaffees. Sie trug eine weiße, auf Taille geschnittene Bluse, die sich dezent um ihre weiblichen Rundungen schmiegte. Darunter zeichneten sich die Umrisse ihres BHs ab, was jeden Mann unweigerlich zum Fantasieren anregte.

Wir begaben uns an einen der runden Tische und nahmen Platz auf dem Sofa, das sich der Form des Tisches elegant anpasste. Sie bestellte sich eine Pina Colada und ich trank einen Gin Tonic. Leise Musik drang vom Diskobereich zu uns in die Bar herüber. Ich hatte sie zunächst für eine Sekretärin gehalten, tatsächlich stellte sich heraus, dass sie Repräsentantin eines großen schwedischen Lkw-Konzerns war. Ihr Verantwortungsbereich, der den Verkauf betraf, erstreckte sich über halb Deutschland. Wir saßen einfach nur da und unterhielten uns über alle möglichen Dinge und es schien so, als würde uns der Gesprächsstoff niemals ausgehen. Von einem Thema kamen wir zwanglos auf ein anderes zu sprechen. Wir redeten und schalteten die Außenwelt völlig ab, als ob eine Haube über uns schweben würde. Obwohl sie mir das Du angeboten hatte, fiel es mir schwer, mich immer daran zu halten, sodass ich sie häufig mit Sie ansprach.

Die Zeiger standen auf zweiundzwanzig Uhr, als sie mich fragte, ob ich sie nach Hause ins Hotel begleiten könnte. Das war eine Selbstverständlichkeit für mich und ich willigte sofort ein. Als wir die Bar verließen, erntete ich erneut die neidischen Blicke meiner Bekannten und Freunde. In ihren Augen konnte ich sehen, was sie gerade dachten: Da gehen die Schöne und das Biest.

Draußen setzten wir uns in ein Taxi und legten den Weg binnen weniger Minuten zurück. Sie residierte im wohl besten Hotel der Stadt, was ich auch nicht anders von ihr erwartet hatte. Sie fragte mich, ob ich noch auf einen Gin Tonic mit reinkommen wolle. »Die haben hier eine ausgezeichnete Bar«, sagte sie und ich willigte schnell ein. Mittlerweile machte ich mir allerdings Gedanken, wie ich nach Hause kommen sollte. Die Busse fuhren nämlich ab vierundzwanzig Uhr nicht mehr in meine Richtung.

Wir stiegen aus dem Taxi und der Hotelpage öffnete uns die große Eingangstür zum Hotel. »Ich gehe mich noch ein bisschen frisch machen«, sagte sie, während wir den langen eleganten Korridor entlanggingen bis zu ihrem Zimmer. Sie legte ihren Mantel über die Sitzgruppe und verschwand im Bad. Ich stand in dem luxuriösen Raum wie bestellt und nicht abgeholt und schaute mich verlegen um.

»Mach uns doch hier etwas zu trinken, die Minibar ist voll. Du sagtest doch, dass du auch Cocktails mixen kannst, jetzt musst du mir das auch beweisen«, rief sie mir aus dem Bad zu.

Ich warf einen Blick in die gut sortierte Minibar und mixte zwei Side Car. Als sie zurückkam, setzten wir uns auf das schwarze Ledersofa, vor dem ein Glastisch stand. Sie trank einen Schluck und fragte: »Das ist lecker, was ist da drin?«

»Brandy, Cointreau und Zitronensaft. Das wird alles in einen Shaker mit Eis gegeben und nennt sich dann Side Car«, erklärte ich ihr.

Wir saßen auf dem Sofa einander zugewandt, als sie die ersten beiden Knöpfe ihrer Bluse öffnete. Dann öffnete sie weitere Knöpfe, bis sich mir ein wunderschöner Ausblick auf ihren weißen Spitzen-BH bot. Sie saß nur wenige Zentimeter von mir entfernt, schaute mich an und genoss den Anblick meiner Verlegenheit. »Bist du schüchtern?«, fragte sie.

»Äh, nein«, antwortete ich.

»Dann komm gefälligst her!«

Etwas unbeholfen rutschte ich ihr entgegen, bis sich unsere Zungen bei schwachem Licht sanft berührten. Ich streichelte über ihre weiche, duftende Haut und genoss den entspannten Moment. Zärtlich fuhr ich mit beiden Händen über ihren Rücken und versuchte unbeholfen, den Verschluss ihres BHs zu öffnen. Schließlich stand sie auf, stellte sich vor den Glastisch und legte ihre Bluse ab. Dann griff sie sich auf den Rücken und legte ihren BH zur Bluse. Meine Halsschlagader schlug kräftig, als sie den Reißverschluss ihrer Hose öffnete. Sie ließ sie über ihre Hüften gleiten und legte auch sie zur Bluse. Nur noch mit einem passenden Slip bekleidet stand sie jetzt vor mir und sagte: »Den Rest machst du aber allein.«

Kurze Zeit darauf fanden wir uns im Bett wieder und zeigten einander ausgiebig, dass wir uns mehr als nur sympathisch waren.

Am nächsten Morgen erblickte ich das Licht der Welt als Mann. Na ja, genau genommen als zweifacher Mann. Gemeinsam stellten wir uns unter die Dusche und ließen das warme Wasser auf uns niederprasseln. Wir küssten uns zärtlich und seiften uns gegenseitig ein. Sie drückte mich runter, nahm meinen Kopf zwischen ihre Schenkel und forderte Revanche für das, was sie bei mir vergangene Nacht getan hatte. Obwohl es hier etwas schwieriger war, wurde ich an diesem Morgen unter der Dusche zum dritten Mal zum Mann.

Nachdem wir uns angezogen hatten, gingen wir Hand in Hand durch den noblen Korridor in Richtung Frühstückraum. Vergangene Nacht hatte ich in der Disko einige Leute in Staunen versetzt und das sollte sich hier fortsetzen. Vor dem Frühstücksraum stand die Restaurantchefin und begrüßte die Gäste mit einem Lächeln, bis sie mich herannahen sah. Wie unter Schock entglitten ihr die Mundwinkel und ihre Augen wurden immer größer. Sie leitete in diesem Hotel das Restaurant. In ihrer Eigenschaft als Restaurantmeisterin gab sie Unterweisung in Fachpraxis an der hiesigen Berufsschule. Ich sah die zweiunddreißigjährige Frau jeden Dienstag im Unterricht. Sie war wirklich nett und bei allen Schülern sehr beliebt, weil sie so eine jugendliche Art an sich hatte und Kompetenz im Umgang mit den jungen Leuten bewies.

Ich begrüßte sie und wünschte ihr freundlich einen guten Morgen. Meine Begleitung und ich setzten uns an einen freien Tisch. Unsere Haare waren vom Duschen noch ganz nass und man konnte uns ansehen, was wir gerade getan hatten. Die Restaurantchefin stand uns zugewandt an der Eingangstür, beobachtete und versuchte die Umstände zu ordnen.

Kurze Zeit darauf kam wieder eine Person, die ich zum Staunen bringen sollte. Es war Nicole. Sie machte hier ihre Ausbildung zur Restaurantfachfrau und besuchte mit mir dieselbe Berufsschulklasse. »Guten Morgen, was darf ich den Herrschaften bringen, Kaffee oder Tee?«, fragte sie uns mit einem eigenartigen Lächeln auf den Lippen. Nachdem sie uns den Kaffee gebracht hatte, stellte sie sich zu ihrer Ausbilderin. Beide standen am Eingang, witzelten miteinander und unterhielten sich offensichtlich über mich, was ich jedoch nicht als unangenehm empfand.

Nachdem wir unser Frühstück beendet hatten, gingen wir zurück aufs Hotelzimmer, um meine Jacke zu holen. Wir standen uns gegenüber und küssten uns zärtlich. Ich ließ es mir zum Abschied nicht nehmen, mit meinen Händen behutsam über den vorderen Teil ihrer Bluse zu fahren. »Vielleicht werde ich das nie wieder tun«, sagte ich zu ihr, während sich meine Hände zärtlich rauf und runter bewegten.

»Wenn du das glaubst, dann würde ich das jetzt aber noch einmal richtig ausnutzen«, sagte sie.

Wir küssten uns heftig, bis sie mir ihren Rücken zuwandte und sich über das Ledersofa beugte. An diesem Tage wurde ich zum vierten Mal zum Mann.

Es war ein sehr kalter, aber sonniger Morgen. Ich fuhr mit dem Bus nach Hause, um mich noch einmal frisch zu machen, bevor ich mittags meinen Dienst antrat.

Kapitel 12

Das Jahr 1943

Alfed Berger und seine Ehefrau waren damit beschäftigt, die letzten Umzugskisten zu verpacken. Draußen fuhr bereits der Möbelwagen vor. Drei Jahre hatten sie in dieser Villa im noblen Niemannsweg in Kiel gewohnt. Das schöne Haus hatte einst einem jüdischen Arzt und Universitätsprofessor gehört, der bereits 1938 die Zeichen der Zeit verstanden hatte und nach Amerika ausgewandert war. Es war eine sehr schöne Villa mit einem kleinen Turmzimmer. Von dort aus konnte man wunderbar über die Kieler Förde schauen, bis hinüber zur Schiffswerft. Aber so schön dieser Ausblick auch sein mochte, hatte das Anwesen doch einen gravierenden Nachteil. Die Bombenangriffe der Alliierten häuften sich und es wurden auch Wohnhäuser in Mitleidenschaft gezogen. Im Mittelpunkt der Zerstörung standen natürlich die Werftanlagen. Alfred Berger sagte einmal zu seinem Freund Hauptsturmführer Schuster, dass er aufs Land ziehen wolle, weil in der Stadt ständig so eine Bombenstimmung herrsche. Und so suchte er nach einem Häuschen auf dem Lande, das etwas ruhiger und sicherer lag als die Villa. Dank Hauptsturmführer Schusters hervorragenden Kontakten wurde er auch sehr schnell fündig. Schuster hatte in der gleichen Straße schon einmal für seine Schwägerin und seinen Neffen ein Haus besorgt.

Die Bremsen des Möbeltransporters quietschten, als er vor dem Haus in der Siedlung Eigenheim zum Stehen kam. Dann begannen die betagten Möbelpacker mit ihrer Arbeit.

»So, das ist unser neues Zuhause«, sagte Alfred Berger zu seiner Frau. Die schaute sich das neue Heim nur einmal zufrieden an und zog dann zu ihren hilfsbedürftigen Eltern nach Pinneberg.

Kapitel 13

Das Jahr 1988

Es dauerte über vier Monate, bis ich meine schwedische Bekanntschaft wiedersehen durfte. Zwischendurch schrieben wir uns regelmäßig. Ich hatte die Adresse ihres Arbeitsplatzes in Göteborg, wo ich sie auch einige Male anrief. Es war Mitte April, ich stand am Kai und schaute zu, wie das Schiff aus Göteborg im Kieler Hafen festmachte. Ich konnte sie schon von Weitem sehen, wie sie über den Steg an Land kam. Ich ging ihr entgegen, gab ihr einen Kuss und eine rote Rose. Sie hatte sich etwas verändert in den letzten vier Monaten. Ihre Haare trug sie jetzt etwas kürzer und sie war legerer gekleidet als bei unserem letzten Treffen. Dafür gab es auch einen Grund. Wir hatten uns vorgenommen, für drei Tage auf die dänische Insel Langeland zu fahren. Ich hatte bereits alles organisiert und wir gingen von einem Kai zur anderen Anlegestelle rüber. Dort betraten wir die MS Langeland und setzten uns auf das freie Oberdeck. In den fast vier Stunden Fahrzeit gab es viel Neues zu erzählen.

Auf Langeland bezogen wir gleich unser Hotel. Es war nicht ganz so luxuriös wie die Unterkunft in Kiel, hatte aber einen wunderschönen Blick übers Meer. Der Himmel war strahlend blau und nur einige weiße Wolken schoben sich gelegentlich vor die Sonne. Wir standen auf dem Balkon des Zimmers und genossen die Aussicht. Einige Möwen kreisten über Fischerbooten und versuchten, etwas von dem Fanggut zu ergattern. Ein lauwarmer, unaufdringlicher Wind zog übers Land, als ich mich hinter sie stellte und sie in den Arm nahm. Sanft massierte ich ihre Schultern und streichelte ihren Hals und schließlich erreichten meine Hände ihre Brüste. Wir gingen ins Zimmer und unser Verlangen entlud sich in einem wilden Spiel der Lust.

Am Abend führte ich sie in ein kleines Restaurant aus, das vorwiegend von Fischern besucht wurde. Man musste drei Stufen abwärts gehen, um den Gastraum zu erreichen. An den weißen Wänden hingen Taue, Netze und andere Gegenstände, die einst ihren Dienst auf den Schiffen getan hatten und jetzt als Dekoration dienten. Am Abend wurde es kühl und der Wirt hatte den Kamin angefeuert. Wir saßen bei Kerzenlicht an unserem Tisch und hörten, wie das Feuer im Kamin leise knisterte. Draußen wurde es langsam dunkel und die angebundenen Fischerboote bewegten sich im Takt der Wellen. Der große Vollmond stand am Horizont und warf sein Licht auf den kleinen Fischerhafen. Wir bestellten uns eine Flasche Chablis, aßen Scholle und genossen die schöne Aussicht. Nachdem wir noch etwas am Hafen spazieren gegangen waren, begaben wir uns auf unser Zimmer und taten das, was wir am besten konnten.

Am nächsten Morgen buchten wir eine Kutschfahrt, um die Sehenswürdigkeiten der Insel kennenzulernen. Es lag noch Frühnebel über den Feldern, der langsam von der wärmenden Sonne aufgelöst wurde. Die beiden Pferde zogen den Wagen mühelos und wir saßen bequem, mit einer wärmenden Decke über den Beinen, nah beieinander. Die Straßen waren schmal und man begegnete nur selten einem Auto. Der Raps blühte bereits leuchtend gelb und duftete süß. Gegen Mittag machten wir auf einem Landhof halt. Die Sonne stand nun hoch am Himmel, doch im Schatten der alten Bäume drangen die Sonnenstrahlen nicht bis zur Erde durch. Wir nahmen auf der Terrasse des Anwesens Platz und schauten auf den großen Teich, der vor uns lag. Inmitten des Teichs stand ein aufwändig gefertigtes Entenhaus. Die Entenmutter saß im Gras und ihre Jungen schwammen am Ufer hin und her. Auf der anderen Seite des Gewässers befand sich ein achteckiges, elegantes Teehaus. Um den Teich herum standen in großen Abständen uralte Bäume und angelegte Sträucher und Blumen blühten in ihrer vollen Farbenpracht. Der angenehme Geruch des bereits aufgehenden Flieders lag in der Luft. Wir bestellten bei der Bedienung je ein gut belegtes Smørrebrød und ein Carlsberg Bier. Danach setzten wir unsere Kutschfahrt fort, gegen Abend waren wir wieder im Hotel.

Nachdem wir gemeinsam geduscht hatten, zogen wir uns um und trafen einen dänischen Fischer. Wir hatten bei ihm eine Angeltour gebucht und standen jetzt am weiten Strand und warfen die Angeln aus. Der Mond stand gewaltig groß am Horizont und spendete beachtlich viel Licht. Der Eimer füllte sich langsam mit Schollen und sogar ein Aal biss an.

Gegen Mitternacht gingen wir in unser Hotel zurück und legten uns müde, geschafft und fest umschlungen ins Bett.

Am nächsten Morgen wussten wir, dass unser Kurzurlaub bald zu Ende sein würde. Wir gingen am Strand spazieren, entlang der Steilküste, in der Schwalben ihre Nester bauten. Der Himmel war mit Wolken bedeckt und es wehte ein kräftiger Wind. Pünktlich fuhren wir mit dem Schiff zurück nach Kiel und am Abend stieg sie auf die Fähre, die sie wieder nach Göteborg bringen sollte.

Als ich am Kai stand und wir uns zuwinkten, ahnte ich, dass ich sie nie wiedersehen würde. Ich sollte mich nicht irren.

Kapitel 14

Das Jahr 1945

Dienstag, der 03. April 1945, gegen fünfzehn Uhr auf einem Flugplatz in Großbritannien: 752 amerikanische Boing B17 Bomber und 569 P-51 Mustang Jagdflugzeuge machten sich bereit für ihren Einsatz. Der Auftrag der Männer lautete: die Zerstörung der U-Boot-Werft in Kiel.

Die Bomberbesatzungen bestiegen ihre Flugzeuge und jedes der insgesamt zehn Besatzungsmitglieder eines jeden Bombers nahm seinen Platz ein. Ganz vorne, in der Nase des Flugzeuges, lag hinter Plexiglas der Bombenschütze. Hinter ihm saß der Navigator an seinem Kartentisch. Etwas oberhalb nahmen der Pilot und Co-Pilot ihre Plätze ein. Hinter ihnen stand der Techniker und MG-Schütze, der das Flugzeug vor Angriffen feindlicher Jagdflugzeuge schützte. Dahinter befand sich das Bombenlager mit fast 5000 Kilo Bombenlast. Hinter dem Bombenlager nahm der Funker und MG-Bordschütze seinen Platz ein. Weitere vier MG-Schützen verteilten sich im hinteren Bereich des Flugzeuges. Sie alle machten den schweren, mit insgesamt dreizehn Browning MGs ausgerüsteten Bomber zu einer fliegenden Festung. Die gesamte Besatzung trug warme Bekleidung, um der Kälte in 10000 Meter Flughöhe standhalten zu können. Die Flugzeuge teilten sich auf in zwei Geschwader. Das erste Geschwader bestand aus 400 Maschinen, die die zerstörerischen Bomben bei sich trugen. Ihr Auftrag war es, die Stadt aufzuwühlen und brennbare Materialien freizulegen. Die Dächer der Häuser sollten von den Ziegeln befreit werden, damit die hölzernen Dachstühle ungeschützt waren. Das zweite Geschwader hatte den Auftrag, ihre M17 Cluster-Brandbomben über der Stadt abzuwerfen, um alles Brennbare in Brand zu setzen.

Es war fast vier Uhr nachmittags, als die schweren Bomber ihre vier Triebwerke, die jeweils 1200 PS Leistung brachten, starteten. Zur gleichen Zeit ließen die P51 Mustang Jagdflugzeuge, deren Auftrag es war, Begleitschutz zu fliegen, ihre Motoren warmlaufen. Jedes der Jagdflugzeuge war mit einem Zusatztank ausgerüstet, um die Gesamtflugstrecke von insgesamt 3300 Kilometern bewältigen zu können.

Die Piloten der Bomber schoben die vier Gashebel ganz nach vorne und die Flugzeuge setzten sich in Bewegung. Am Ende der Startbahn hoben sie nacheinander mit donnernden Motoren ab. Als der Kompass auf Nordost zeigte, erklommen sie langsam eine Flughöhe von 9000 Metern. Es folgten die Staffeln der Jagdflugzeuge, die sich unmittelbar nach dem Start in die V-Formation begaben. Dabei bildet der jeweilige Staffelführer die Spitze, links und rechts hinter ihm reihen sich je fünf Jagdflugzeuge seiner Staffel und bilden auf diese Weise ein »V«.

Es war ein ruhiger Flug und man glitt mit etwa 300 km/h und brummenden Motoren durch die Luft. Die elektrisch beheizbaren Handschuhe der Besatzungen boten gerade ausreichende Wärme, damit die Finger nicht erfroren. Jedes der Crew-Mitglieder ging noch einmal in sich und schaute sich das Foto seiner Freundin, Frau oder der Kinder an. Jeder wusste, es war ein gefährlicher Einsatz, den sie zu bestehen hatten. Zunächst mussten sie die Angriffe der feindlichen Jagdflugzeuge überstehen und danach das Flak-Feuer durchfliegen, das sie auch noch in 10000 Meter Höhe erreichen konnte. Nach einer Flugzeit von drei Stunden hatten sie damit zu rechnen, von den Deutschen entdeckt und angegriffen zu werden.

Der Flug verlief immer noch ruhig. Man flog gerade über Bremen, als die Staffeln der P51 Mustangs ihre Zusatztanks abwarfen und sich aus der V-Formation lösten. Sie flogen nervös hin und her und hoch und runter. Die Mannschaften in den Bombern wussten, was das zu bedeuten hatte. Deutsche Jagdflugzeuge hatten sie aufgespürt und waren bereits in der Nähe. Man konnte davon ausgehen, dass die Deutschen stets aus dem Westen, mit der Sonne im Rücken, angriffen. Dadurch hatten sie den Vorteil, dass man sie später entdeckte und sie als Ziel schlechter auszumachen waren. Alle warteten nur darauf, dass jemand schrie: »Messerschmitt im Angriff.« Jeder, ob Christ, Moslem oder Jude, betete jetzt zu seinem Gott und hielt Ausschau nach den feindlichen Jagdflugzeugen. Für Heldentaten war jetzt kein Platz an Bord. Die würde man später erzählen, wenn man es geschafft hatte und wieder bei der Familie saß.

Jim Clark hielt sich an seinem 12,7-mm-Zwillings-MG fest und da sah er plötzlich eine Messerschmitt 109 mit höllischem Tempo näherkommen. Sie hatten den Bomber bereits unter Beschuss genommen und einige Treffer gelandet, als Clark sein MG-Feuer eröffnete. Die abgefeuerten Projektile der Messerschmitt durchschlugen den Rumpf ihres Bombers wie Nieten ein Stück Weißblech. Ein Projektil traf den Funker, der sofort an seinem Tisch tot zusammenbrach. Der linke Motor brannte und der Co-Pilot schaltete ihn ab. Eine zweite Me 109 stürzte sich von oben auf den Bomber, schoss ihn in Brand und beschädigte das Heck. Alle MG-Schützen der Bomberbesatzungen nahmen das Feuer auf und schossen aus allen Rohren. Die deutschen Me 109 und Focke Wulf 190 flogen geschickt um die Bomber herum, drehten Schrauben und zogen enge Kurven, bevor sie sich erneut auf eines der schweren Flugzeuge stürzten. Die wendigen und schnellen P51 Mustangs nahmen die Verfolgung der deutschen Jäger auf und versuchten sie ins Visier ihrer MGs zu bringen. Der Staffelchef Mark Kerr verfolgte eine Messerschmitt 109, die in einem weiten Bogen Richtung Westen flog. Er konnte sie nicht genau sehen, weil er gegen die untergehende Sonne schauen musste. Doch plötzlich sah er sie klar in ungefähr 500 Meter Entfernung. Ganz offensichtlich waren es keine gut ausgebildeten und erfahrenen Piloten, die die Deutsche Luftwaffe in den letzten Tagen des Krieges aufzubieten hatte. Jim Kerr bekam die Messerschmitt schnell ins Fadenkreuz seiner MGs. Mit beiden Händen hielt er den Steuerknüppel fest, als er den roten Knopf oberhalb des Steuers drückte. Die sechs

12,7-mm-Maschinengewehre, die sich unter seinen Tragflächen befanden, donnerten los und gaben ihre Ladung in Richtung des Feindes ab. Die Messerschmitt zog eine Rauchwolke hinter sich her, als sie sich schließlich wie eine Schraube senkrecht der Erde entgegen drehte.

Nach einer halben Stunde wurde es wieder ruhig am Himmel. Alle deutschen Jäger waren erfolgreich bekämpft worden oder hatten abgedreht. Die Maschine, in der Jim Clark saß, verlor stetig an Höhe. Durch die Beschädigung am Heck war sie nicht mehr manövrierfähig und der Pilot hatte Probleme, sie in der Luft zu halten. Schließlich rief der Pilot: »Alle raus!« Die gesamte Crew, die seit dem Start ihre Fallschirme angelegt hatte, sprang nacheinander aus dem brennenden Flugzeug.

Die Besatzungen der anderen Bomber ordneten sich neu und die Navigatoren, die gerade noch ein MG bedient hatten, setzten sich wieder an ihre Kartentische und berechneten die Strecke. Es waren jetzt noch knapp einhundert Kilometer bis zum Abwurfsziel zu fliegen. Die Bombenschützen, die gleich das Kommando über die Flieger übernehmen sollten, machten sich fertig. Sie schauten durch ihre Zielgeräte nach unten und warteten auf die Umrisse der Kieler Förde.

In der Stadt heulten bereits die Sirenen, die Frauen, Kinder und alten Menschen flüchteten in die Keller ihrer Häuser. Die Flakgeschütze, die sich vor der Stadt befanden, machten sich feuerbereit. Auch Fiete Kunze, Peter Heinrich und Volker standen an ihrem Geschütz und warteten, da hörten sie plötzlich das Donnern einer Flak aus südlicher Richtung. Das bedeutete, dass die Bomber genau über sie hinweg die Stadt anfliegen würden. Die drei hörten die herannahenden Flugzeuge schon deutlich und das Brummen der Motoren wurde immer lauter. Und dann rief Peter Heinrich: »Feuer!« Die gewaltigen Bomber waren jetzt direkt über ihnen und es waren nur noch wenige Kilometer, bis sie ihre todbringende Ladung abwerfen würden. Fiete Kunze schoss auf den dichten Teppich aus Flugzeugen, was die Flak hergab. Hin und wieder gab es einen Blitz am Himmel, der einen besonders gut platzierten Treffer bedeutete.

Die Bombenschützen, die jetzt allesamt das Kommando über die Flugzeuge übernommen hatten, konzentrierten sich präzise auf ihren Abwurf. Erst dann, wenn sie sich sicher waren, dass die Ladung optimal platziert sein würde, klinkten sie ihre Bomben aus und flogen weiter, zurück Richtung Heimat.

Die Menschen in den Luftschutzkellern hatten längst einige Erfahrung mit Angriffen gesammelt. Aber heute schien es besonders schlimm, als würde sie die pure Wut der Alliierten treffen.

Fiete Kunze wischte sich den Schweiß von der Stirn, als das erste Geschwader an ihnen vorübergezogen war und sich die Lage für einen Moment beruhigte. Kurze Zeit darauf folgte das zweite Geschwader feindlicher Flieger und die Flak feuerte wieder aus vollen Rohren. Die Flugzeuge flogen über die Stadt hinweg und ließen ihre Brandbomben auf sie niederfallen. In kürzester Zeit standen ganze Stadtteile lichterloh in Flammen und es fingen Dinge an zu brennen, die normalerweise nicht in Flammen aufgingen. Die Hitzeentwicklung brachte den Teer auf den Straßen zum Schmelzen und ließ Scheiben zersplittern. Die drei Flakschützen standen an ihrem Geschütz und beobachteten das Inferno aus der Ferne. Es war ein noch nie gesehenes Bild der Verwüstung.

Gegen ein Uhr morgens erreichten 756 B17 Bomber unversehrt den Flughafen, von dem sie gestartet waren. Nur sechs Maschinen waren den deutschen Jagdflugzeugen und dem Flakfeuer zum Opfer gefallen. Außerdem hatten die Alliierten den Verlust von vier P51 Mustang Jagdflugzeugen zu beklagen.

Kapitel 15

Die Jahre 1988 bis 1991

Wenn ich mich an diese Jahre erinnere, dann fällt mir nur ein, dass ich sehr viel gearbeitet habe. Bestimmt leistete ich nicht mehr, als jeder andere Lehrling in einem anderen Lehrberuf auch, aber das Problem war, dass man in der Gastronomie mit einem sehr hohen Zeitaufwand tätig ist. Mein Dienst begann um zwölf Uhr mittags und endete zunächst um fünfzehn Uhr. Dann durfte ich kurz nach Hause fahren, irgendetwas Wichtiges oder Unwichtiges erledigen. Um achtzehn Uhr begann der Arbeitstag von Neuem und man blieb so lange im Geschäft, bis alle Gäste gegangen waren. So einen Dienst nennt man Teildienst und den hatte ich nahezu jeden Tag.

Wenn meine Freunde samstags in die Disko oder auf eine Party gingen und Leute kennenlernten, musste ich arbeiten. Als kleine Entschädigung erlebte ich aber auch sehr viel in der Gastronomie und lernte interessante Menschen kennen.

Eines Tages, es war um die Mittagszeit, bekamen wir unerwartet hohen Besuch. Der damalige Bundesfinanzminister Gerhard Stoltenberg betrat das Restaurant in Begleitung von zwei Leibwächtern. Herr Stoltenberg war in Kiel sehr bekannt, zum einen weil er selbst gebürtig aus Kiel stammte und zum anderen, weil er bis 1982 das Amt des Ministerpräsidenten bekleidete.

Der Maitre führte den Herrn Minister gleich in eine separate Ecke, in der zwei rustikale, aber doch elegante Eichentische standen. Herr Stoltenberg nahm an einem der Tische Platz und las die »Kieler Nachrichten«. Ein Leibwächter, wahrscheinlich ein Polizist vom Bundeskriminalamt, saß ihm unmittelbar gegenüber. Der andere Personenschützer setzte sich an den Nachbartisch. Konzentriert wanderten die Blicke der Polizisten umher. Herr Stoltenberg schaute in die Speisekarte und gab bei unserem Oberkellner die Bestellung auf. Mir wurde die Ehre zuteil, ihm den Hauptgang servieren zu dürfen. Er saß an seinem Platz, aß sein Mittagessen und die beiden Polizeibeamten machten ihren Job. Danach stand der Herr Finanzminister auf und fragte nach dem Weg zur Toilette. Wie von der Tarantel gestochen und ohne auch nur ein Wort miteinander zu sprechen, hefteten sich die Leibwächter an seine Fersen. Der eine blieb vor der Eingangstür der Toilette stehen, während der andere, man mag es kaum glauben, dem Minister folgte. Nach wenigen Minuten saßen alle drei wieder auf ihren Plätzen. Herr Stoltenberg trank noch eine Tasse Kaffee, dann verließ er mit seinen zwei Begleitern das Restaurant.

Die ganze Zeit beobachtete ich das Treiben interessiert. Unglaublich, was für ein Leben dieser Mann hatte. Da war er Minister der Finanzen und konnte nicht einmal in Ruhe Essen gehen, geschweige denn auf die Toilette. Er musste stets Angst haben, dass ihm irgendjemand eine Kugel in den Kopf schießt. Tatsächlich war der Finanzminister seinerzeit eine sehr gefährdete Person, die bei den Terroristen ganz oben auf der Liste stand.

Es kamen natürlich auch weniger prominente Gäste zu uns, die aber alle eines gemeinsam hatten: Sie waren wohlhabend. Obwohl, an einen erinnere ich mich, der nicht so reich war. Er verstand sich mehr als ein Jäger und Sammler der Großstadt. Ich sah ihn oft in der Stadt, wo er mit einem alten Fellmantel bekleidet und einem Tomahawk in der Hand durch die Gegend irrte. Er griff in nahezu jeden Mülleimer und versuchte, etwas Brauchbares herauszuholen, oder er schaute auf den Boden, ob sich dort etwas für ihn Wertvolles befand. An jenem Abend, als er unser Lokal besuchte, schien es ruhig zu bleiben in meiner Station. Im Hintergrund lief die Zauberflöte von Mozart, doch plötzlich glaubte ich, mich trifft der Schlag. Da stand dieser Schmierlappen auf einmal mitten im Restaurant und fragte mich nach einem freien Tisch. Ich überlegte noch, ob ich ihm sagen sollte, dass nichts mehr frei sei, aber dann sah ich das komische Beil in seiner rechten Hand. Ich platzierte ihn schließlich an einen kleinen Tisch, der an der Wand stand. Er legte seinen Tomahawk beiseite und bestellte sich ein Glas Bordeaux. Er verhielt sich ganz ruhig und genoss die Aufmerksamkeit der wenigen Gäste im Lokal. Nach einer Stunde ging er wieder und wie durch ein Wunder wurde die Luft auch wieder besser.

Ein anderes Mal bekam ich eine Filmrolle angeboten, ich kann mich noch sehr gut an den Tag erinnern. Es war ein Paar so um die vierzig, sie kamen nicht besonders oft zu uns. Wir kannten sie jedoch sehr gut, weil sich ihr äußeres Erscheinungsbild unweigerlich bei jedem Menschen einprägte. Er war groß, stämmig, trug eine getönte Brille und einige goldene Ringe an den Fingern. Sein Markenzeichen war eine Zigarre, die er aber nie anzündete. Offensichtlich diente die Brasil als Zeichen seiner Macht. Die Dame, mit blondgefärbten Haaren, reichlich Schmuck und Schminke, scheiterte kläglich an dem Versuch, eine Diva zu sein. Zur Vorspeise bestellte sie sich stets den Beluga Malosol Kaviar, der sechzig Mark kostete. Dafür gab es ein bescheidenes Achtundzwanziggramm-Schälchen. Sie nahm mit dem Perlmuttlöffel etwas Kaviar aus dem winzigen Gefäß, belegte damit einen Blini und aß diesen. Den Rest, es verblieb etwa die Hälfte des Kaviars im Schälchen, ließ sie stehen. Bei ihr konnte man bestaunen, was das Wort Dekadenz bedeutet. Als Nachspeise bestellten sie sich stets Crepes Suzette, die bei uns am Tisch des Gastes flambiert wurden. An diesem Tag fuhr ich den Flambierwagen an den Tisch und stellte die Pfanne auf die Gasflamme. Dann streute ich den Zucker in die heiße Pfanne und wartete, bis er schmolz. Danach kam ein Stück Butter dazu und ich ließ beides karamellisieren. Zum richtigen Zeitpunkt löschte ich das Karamell mit Orangensaft ab, gab etwas Zitronensaft dazu und parfümierte mit Grand Manier. Die Soße ließ ich etwas einkochen, bis sie leicht dickflüssig und goldbraun war. Dann kamen die Crepes dazu und zum Schluss wurde alles mit Cognac flambiert.

Während dieser ganzen Zeit unterhielt ich mich mit den beiden und der Herr fragte mich, ob ich nicht Interesse hätte, mir nebenberuflich etwas Geld zu verdienen.

»Grundsätzlich schon. Worum handelt es sich denn?«, fragte ich interessiert.

Er gab mir seine Visitenkarte und antwortete: »Ich habe eine kleine Filmproduktionsfirma in der Medienstadt Hamburg. Kommen Sie einfach vorbei und schauen Sie sich das an. Ich habe immer kleine und größere Rollen zu besetzen.«

»Und wann darf ich zu Ihnen kommen?«, fragte ich beim Servieren der Nachspeise.

»Am Samstag und Sonntag wird bei mir ab zehn Uhr gedreht«, rief er mir mit lauter Stimme hinterher, als ich den Flambierwagen in Richtung Kellner-Office zurückschob.

Später schaute ich auf die Visitenkarte und stellte fest, dass seine Firma nicht in Hamburg saß, sondern im Gewerbegebiet von Quickborn, kurz vor Hamburg. Und Quickborn war mit Sicherheit keine Medienstadt. Trotzdem, und auch obwohl ich mir nicht sicher war, ob mein alter VW Käfer es so weit schaffen würde, machte ich mich auf den Weg. Und so sauste ich mit 90 km/h über die Autobahn. Gerade als ich mir ein heißes Rennen mit einem Lkw bot, tauchte das Schild »Ausfahrt Quickborn« auf.

Ich hatte mir in den letzten Tagen viele Gedanken über die Schauspielerei gemacht. In der Schule hatte ich mal eine Rolle in einem Theaterstück und das hatte mir viel Spaß gemacht. Wer weiß, vielleicht bist du der neue Götz George oder Heinz Rühmann, überlegte ich mir, als ich das Schild sah, auf dem »Gewerbegebiet Nord« stand.

Schnell fand ich das richtige Gebäude, vor dem auch das Auto des Filmproduzenten stand. Der Wagen schien ein absolutes Unikat zu sein. Ein tiefergelegter Mercedes E-Klasse mit breiten Aluminiumfelgen und AMG-Tuning-Schild auf der

Kofferraumklappe. Ich hatte den Wagen bereits einige Male auf dem Parkplatz vor unserem Restaurant stehen sehen. Zögerlich ging ich in das Gebäude und suchte in den Räumen nach einer Person, bei der ich mich melden konnte. Dann stand ich plötzlich mitten im Geschehen. Drei Frauen und vier Männer waren gerade dabei, im Adam-und-Evakostüm einen neuen Film zu drehen. Einige Scheinwerfer beleuchteten die Darsteller und ein Mann mit Kamera filmte die Szene. Schnell wieder weg hier, dachte ich, als mich eine kräftige Stimme begrüßte und jemand auf meine Schultern klopfte, dass es mich fast umhaute.

»Na, wie gefällt dir das hier?«, fragte mich der Inhaber der Firma mit seiner Zigarre im Mundwinkel.

»Ganz gut, aber ich wusste nicht, dass Sie im Erotik-Business tätig sind«, sagte ich erstaunt.

»Na klar, ich bin einer der Größten in ganz Hamburg. Ich habe die schönsten Models unter Vertrag«, brüllte er durch die Halle.

Aber als er mich den Darstellern kurze Zeit darauf vorstellte, konnte ich ihm das nicht ganz glauben. Die Leute sahen aus, als bräuchten sie einfach dringend Geld, um die nächste Monatsmiete zahlen zu können.

»So, dann zeige ich dir mal, wo du dich fertig machen kannst«, informierte er mich mit freudiger Stimme.

»Nee, nee«, sagte ich sofort, »das ist zwar sehr interessant, aber da kann ich leider nicht mitmachen. Ich bin noch in der Ausbildung und wenn das rauskommt, dann fliege ich aus der Lehre. Das kann ich wirklich unmöglich tun.«

»Okay, junger Freund, dafür habe ich natürlich Verständnis. Aber ich zahle für ein Wochenende fünfhundert Mark und als Steher bekommst du bei mir immerhin noch zweihundert Mark bar auf die Hand«, erklärte er mir mit gestrecktem Zeigefinger und Zigarre im Mundwinkel.

Ich fragte ihn, was denn ein Steher sei.

Mit Hamburger Dialekt erklärte er weiter: »Bei mir wird an zwei Wochenenden ein Film komplett fertig gedreht. Aber die

Jungs haben nicht so viel Tinte auf 'm Füller, um die Damen die ganze Zeit unter Beschuss zu nehmen. Dann kommen die Steher ins Spiel und machen den Job. Das sind quasi die Stuntmen der Branche. Später wird der Film so zugeschnitten, dass man nicht mehr sieht, dass es sich um einen Steher handelte. Der Steher bleibt also anonym, verstanden?«

»Ja«, sagte ich. Tatsächlich hatte ich überhaupt nichts verstanden von dem, was er da erzählte.

Es dauerte noch eine ganze Weile, bis ich mich losreißen konnte, wieder in meinem VW Käfer saß und in Richtung Kiel fuhr. Jetzt hatte ich Zeit nachzudenken und ich begann langsam zu begreifen, was der Job eines Stehers war. Ich fuhr gerade auf die Linksabbiegerspur und wartete an der roten Ampel, als ein eleganter Golf rechts neben mir hielt. Eine junge Frau schaute zu mir herüber und fing herzlich an zu lachen. Das kannte ich schon. Ich hatte diesen Käfer vor einigen Monaten günstig erworben. Er hatte tatsächlich schon bessere Tage gesehen, dieser orangefarbene, in die Jahre gekommene Mexiko-Käfer. Der Rost fraß sich langsam durch die Karosserie und das Trittbrett auf der Beifahrerseite drohte abzufallen. Ich hatte es notdürftig vorne und hinten mit Sachsband angebunden. Jedes Mal, wenn ich an einer Ampel stand und die anderen Autofahrer das notdürftig hochgebundene Trittbrett sahen, lachten sie über meinen Wagen. Wie gut hättest du die fünfhundert Mark Gage doch gebrauchen können, dachte ich mir nun und trat das Gaspedal voll durch.

Als ich am nächsten Tag zur Arbeit ging, erzählte ich dem Maitre, was ich im Filmstudio erlebt hatte. Er amüsierte sich prächtig und sagte: »Mensch, der Mann ist doch bekannt wie ein bunter Hund. Er ist in der Szene unter dem Namen ›Kabinen-Kalle‹ ein Begriff.« Er erzählte mir weiter, dass Kabinen-Kalle in Hamburg, Kiel und Flensburg Pornokabinen betreiben würde und davon wohl ganz gut leben könne.

Mein Erlebnis machte im Kollegenkreis schnell die Runde und man gab mir den Spitznamen »Steher«. Mein Chef, der das alles auch sehr lustig fand, verbot es dann aber, mich so zu nennen.

Meine Lehrzeit neigte sich allmählich dem Ende zu und in der Ausgabe der Kieler Nachrichten vom 22.08.1990 wurde ich mit einem Foto verewigt. Unter der Überschrift »Der Fenchel war leider zu hölzern« schrieb man einen Bericht über die Gesellenprüfung der Restaurantfachleute und Köche. Nach bestandener Prüfung erwartete mich die Bundeswehr. Einige Monate zuvor war ich schon gemustert und als voll tauglich befunden worden. Ich hatte bei der Einplanung den Wunsch geäußert, zur Luftwaffe und nach Bayern gehen zu dürfen. Das südlichste Bundesland gefiel mir landschaftlich sehr gut und man hatte dort eine gesunde Einstellung zum Bier. Über die Luftwaffe hörte ich, dass die Herren das beste und bequemste Leben bei den Streitkräften hätten. Außerdem kursierte das Gerücht, wenn ein Luftwaffensoldat jemals einen Feind sehen würde, sei der Krieg sowieso verloren. Ich dachte, wenn ich schon zum Bund muss, dann will ich auch was von der Welt sehen, mich nicht überarbeiten und schon gar nicht erschießen lassen.

»Natürlich können Sie Ihre Wehrpflicht in Bayern ableisten. Das machen wir doch für Sie«, sagte der freundliche Herr vom Kreiswehrersatzamt mit einer gewissen Ironie. »Wir gehen schließlich voll auf die Wünsche unserer verehrten Kundschaft ein.«

Im Januar war es dann so weit. Ich meldete mich in Roth, in der Otto-Lilienthal-Kaserne, bei der 21. Kompanie. Kurze Zeit darauf bezog ich mit vier Kameraden, die ich nie zuvor in meinem Leben gesehen hatte, eine Stube. In dem Raum standen drei Etagenbetten, fünf Spinde und in der Mitte ein Tisch mit fünf Stühlen. »Gemütlich ist was anderes«, sagte einer der vier Kameraden.

Wir waren ein bunt gemischter Haufen. Einer hieß Markus, von Beruf war er Fotograf bei einer renommierten Zeitung in

Frankfurt am Main. Frank war zuvor auf einem Internat in Österreich gewesen, nach der Wehrpflicht wartete bereits ein Ausbildungsplatz als Pilot bei der Lufthansa auf ihn. Matthias gab an, von Beruf Rheinischer Kehrer zu sein. Seine Aufgabe bestand darin, mit einem Reisigbesen die Wege am Flussufer sauber zu halten.

Ja, und dann war da noch Luke. Luke war mittelgroß, dicklich und hatte eine leicht nach vorne gebeugte Körperhaltung. Beim Gehen bekam er vor lauter Anstrengung die Füße nicht richtig hoch und wenn er mal was sagte, klang es meistens leise und unverständlich, weil er den Mund nicht aufbekam. Von Beruf gab er an, Elektroinstallateur zu sein, und zwar der beste der Innung. Meister Luke, wie wir ihn später nannten, legte eine äußerst bequeme und faule Haltung an den Tag. Wenn wir abends noch etwas Sport trieben, lag er bereits mit einem Liter Cola und Kartoffelchips im Bett und schaute Fernsehen. Er hatte eines der Doppelbetten für sich alleine bezogen und das nicht ganz grundlos. Er war nämlich der festen Überzeugung, dass es vollkommen ausreichen würde, nur einmal die Woche zu duschen. Ohne jeden Erfolg versuchten wir ihn zu überreden, sich häufiger zu waschen. Wir mussten jeden Tag raus ins Gelände, waren voller Matsch und Dreck und stanken nach Schweiß. Für jeden von uns war die abendliche Dusche eine der wenigen Erholungen. Meister Luke sah dies allerdings ganz anders. Als wir den Gestank nicht mehr aushielten, gingen wir geschlossen zu unserem Kompaniechef und schilderten ihm das Problem. Luke war dem Hauptmann bestens bekannt, denn er meldete sich ständig verspätet aus den Wochenenden zurück. So was nennt man bei der Bundeswehr Fahnenflucht und das mag man dort ganz und gar nicht. Der Hauptmann sagte: »Aha, haben wir mal wieder so einen Stinker in der Kompanie. Na, kein Problem, meine Herren, so was habe ich jedes Quartal hier, damit werde ich schon fertig.« Er kam sofort mit uns auf die Stube und befahl Meister Luke, ab sofort jeden Abend zu duschen.

Eines Abends, als Luke unter der Dusche stand, verwirklichten wir einen teuflischen Plan. Einer von uns ging ins Mannschaftsheim und holte Eiswürfel. Diese kippten wir mit reichlich kaltem Wasser in die Kübelspritze, die an der Wand im Flur hing. Dann traten wir die Tür zum Duschraum auf und Luke bekam eine eiskalte Dusche aus der Kübelspritze. Das schien uns die gerechte Strafe dafür zu sein, dass er unsere Nasen über Wochen so strapaziert hatte.

Die drei Monate der Grundausbildung, die den jungen Soldaten die grundlegenden militärischen Gepflogenheiten vermitteln sollten, vergingen schnell. Danach waren es nur noch neun Monate, bis die Wehrpflicht überstanden war. Aber zum Abschluss der Grundausbildung standen uns noch zwei Prüfungen bevor. Die erste Prüfung war eine Drei-Tage-Übung mit einem 70 Kilometermarsch. Ich machte mir lange Zeit Gedanken, wie ich diese Tortour überstehen sollte. Keinesfalls wollte ich, wie so viele, mit Blasen an den Füßen unter der Last meines schweren Rucksacks zusammenbrechen. Zu dieser Zeit trugen die Damen Schulterpolster unter Blusen und Jacken, um ihre Schultern etwas breiter wirken zu lassen. Ich fragte meine Mutter, ob sie mir ihre Polster leihen würde. Sie tat es und ich schob sie mir unter mein Unterhemd. So konnten die Riemen meines schweren Rucksacks nicht so an meinen Schultern zerren. Meine Füße klebte ich mit Panzertape ab, um ein Scheuern und den damit verbundenen Blasen vorzubeugen. Meine Rechnung ging voll auf. Während die starken Jungs der Kompanie zusammenbrachen und von einem Unimog eingesammelt wurden, marschierte ich gut gelaunt weiter.

Die zweite Prüfung war das sogenannte Nachtschießen. Der März neigte sich dem Ende zu und es wurde langsam wärmer. Die gesamte Kompanie, es waren über einhundert Mann, wurde mit Bussen zum Truppenübungsplatz gefahren. Dort bauten wir unsere Zelte auf und teilten uns in Gruppen zu je acht Mann auf.

Das Nachtschießen war eine gefechtsmäßige Übung, die den Ernstfall so real wie möglich darstellen sollte. Es wurde langsam dunkel, die wärmende Sonne zog sich zurück. Wir acht standen in einer Linie auf dem Platz und unser Gruppenführer kam zu uns. Der Feldwebel gab jedem zwanzig Schuss scharfe Munition und wir luden unsere Magazine. Der Feldwebel schien nervöser zu sein als wir selbst, denn er hatte für uns die Verantwortung. Niemandem durfte etwas passieren beim Umgang mit den gefährlichen Waffen. »Männer, wenn wir später mit dem Schießen dran sind und im Schützenrudel vorgehen, dann möchte ich nicht, dass irgendjemand am Abzug der Waffe rumspielt! Haben wir uns klar verstanden?«, sagte er.

»Jawohl, Herr Feldwebel«, lautete unsere einstimmige Antwort.

Dann stellte sich der Feldwebel vor Luke und fragte ihn: »Luke, was habe ich gerade gesagt? Wiederholen Sie!«

Luke stand da und schwieg. Offensichtlich war er wieder in einem seiner Tagträume versunken gewesen und hatte nichts mitbekommen.

»Flieger Luke, Sie wiederholen sofort, was ich gerade gesagt habe! Was habe ich Ihnen gerade erzählt?«, brüllte der Gruppenführer Luke wütend an.

Doch Luke schwieg weiter und schaute verschämt zu Boden.

»Luke, wenn Sie mir hier jemanden über den Haufen schießen, ich schwöre Ihnen, dann bringe ich Sie in den Knast. Passen Sie mir ja auf, dass Sie Ihren Vordermann nicht erschießen!«, fauchte der Feldwebel Meister Luke mit hochrotem Kopf an.

Nach einer halben Stunde waren unsere Gewehre geladen und wir bildeten ein Schützenrudel. Wir setzten uns in Bewegung in Richtung Schießanlage. Ich drehte mich um und stellte mit Entsetzen fest, dass Luke hinter mir marschierte. »Luke, denk daran, was der Feldwebel gerade zu dir gesagt hat«, erinnerte ich ihn mit mahnender Stimme.

»Ja, ja, du brauchst keine Angst zu haben. Ich gebe dir Feuerschutz«, sagte er mit ungewohnter Stimme.

Ich überlegte hin und her, ob es vielleicht besser sei, mich bei ihm für die kalte Kübelspritzdusche zu entschuldigen. Schließlich war ich es, der in der ganzen Kompanie damit prahlte, der Initiator dieser Aktion gewesen zu sein. Ich drehte mich um und fragte: »Luke, bist du noch böse wegen der Aktion mit der Kübelspritze?«

Er schwieg verdächtig!

Ich überlebte es dann aber doch und es war sogar einer der wenigen Tage, die Spaß machten.

Einige meiner Kameraden wurden nach der Grundausbildung an andere Standorte versetzt. Ich hingegen blieb in Roth, in der Otto-Lilienthal-Kaserne. An den Wochenenden machte ich häufig GvD, was »Gefreiter vom Dienst« heißt. Dafür gab es immer einen Urlaubstag extra sowie eine Gutschrift für Samstag und Sonntag. Die Hauptaufgabe eines GvDs am Wochenende bestand darin, einfach in der Kompanie anwesend zu sein. Außerdem musste man alle paar Stunden zur Waffenkammer gehen und das Schloss kontrollieren. Verrückt, die ganze Woche über tobte in der Kompanie das Leben und es herrschte nur selten Ruhe. Aber ab Freitag, pünktlich vierzehn Uhr, hörte man nichts mehr. Es herrschte Totenstille. Alle waren ins Wochenende gefahren und ich saß alleine in dem kleinen GvD-Büro, in dem ein Schreibtisch, ein Stuhl und ein Bett standen. Es war Samstag gegen zweiundzwanzig Uhr und ich wollte mich gerade hinlegen, als das Telefon klingelte. Der Unteroffizier war dran. »Hier spricht der wachhabende Unteroffizier! Wir haben in einem Waldweg vor der Kaserne ein Fahrzeug sichergestellt und die Polizei angerufen. Das Fahrzeug ist auf einen Jugoslawen zugelassen und wir haben den Verdacht, dass der sich hier Waffen beschaffen will. Tragen Sie meinen Anruf in Ihr Wachbuch ein.«

Ich schaffte es noch gerade »Ja« zu sagen, da hatte der Unteroffizier auch schon wieder aufgelegt.

»Jugoslawe? Da herrscht doch gerade Krieg, in Jugoslawien. Das kann schon sein, dass die sich hier Waffen beschaffen wollen«, grübelte ich und sprach mit mir selbst. Ich nahm den Telefonhörer ab und wollte bei der Wache anrufen, um zu erfahren, wie ich mich zu verhalten hätte. Zu meinem Entsetzen stellte ich fest, dass ich zwar angerufen werden, ich selbst aber niemanden anwählen konnte.

Was machst du denn, wenn die Typen dir die Waffenkammer aufbrechen, überlegte ich. Außer meinem Schweizer Taschenmesser hatte ich keine weiteren Waffen bei mir und Hilfe rufen konnte ich auch nicht. Es war mittlerweile dunkel geworden und ich ging raus auf den Flur, wo ich ruhig stehen blieb. Zur Waffenkammer, die ich von hier aus sehen konnte, musste ich das Gebäude verlassen und zwanzig Meter über den Platz gehen. Ich hatte mich entschlossen, das Haus nicht mehr zu verlassen. Ich legte mich in die Koje und hörte ständig verdächtige Geräusche. Alle paar Minuten ging ich raus auf den Flur und schaute zur gut beleuchteten Waffenkammer rüber, aber nichts tat sich.

Ich legte mich wieder auf meine Schlafstätte und hielt die Eingangtür zum GvD-Büro im Auge. Ständig hörte ich ein Knarren, aber das war ganz normal. Die alte Holztreppe, die die ganze Woche benutzt wurde, richtete sich wieder. Wenn sie knarrte, hallte es über die kahlen Wände und Steinfußböden durch das gesamte Gebäude.

Ich lag immer noch auf dem Bett, es war Mitternacht und ich konnte nicht einschlafen. Ununterbrochen starrte ich auf die Türklinke. Plötzlich sah ich, wie sich der Griff ganz langsam nach unten bewegte. Ich sprang auf, nahm mein Taschenmesser und schaute genau hin. Nein, es war nur Einbildung. Die Klinke bewegte sich keinen Zentimeter. Ich schlich erneut in den Flur und schaute zur Waffenkammer rüber. Auch dort war noch alles in Ordnung. Bis morgens um fünf Uhr konnte ich nicht einschlafen. Erst als die Sonne aufging, fiel ich in einen tiefen Schlaf.

In das Wachbuch hatte ich einzutragen, zu welchem Zeitpunkt ich die Kontrollgänge zur Waffenkammer durchführte. Seit dem Anruf des Unteroffiziers schrieb ich »ständige Kontrolle der Waffenkammer« in das Wachbuch.

Am Montag in der Früh sollte ich mich bei unserem Kompaniechef melden, der meine Eintragungen gelesen hatte. »Mensch, toll, Herr Gefreiter, so pflichtbewusste Soldaten wie Sie können wir hier gebrauchen«, sagte er zu mir.

»Ja, man tut, was man kann, Herr Hauptmann«, antwortete ich. Und verschwieg ihm, dass ich mir vor Angst fast in die Hose gemacht und eigentlich keinen Kontrollgang mehr durchgeführt, sondern nur aus sicherer Entfernung zur Waffenkammer rübergeschaut hatte.

Wenn ich mich heute an meine zwölf Monate Wehrpflicht bei der Bundeswehr erinnere, dann war das für mich eine Zeit, die mich beruflich nicht sehr viel weiterbrachte. Trotzdem, wenn es die Bundeswehr nicht gegeben hätte, wäre mein Leben wohl ganz anders verlaufen.

Kapitel 16

Das Jahr 1945

Es war der 06.04.1945, gegen zehn Uhr morgens. Alfred Berger saß mit Hauptsturmführer Schuster in der Küche seines Hauses in Eigenheim. Was die beiden Herren zu diesem Zeitpunkt nicht wussten, war, dass sie nur noch weniger als sechs Stunden zu leben hatten.

Beide saßen mit schmutziger Arbeitskleidung am Küchentisch vor einer Tasse Bohnenkaffee. Die körperliche Arbeit war eigentlich nicht ihr Metier, aber dieses Mal schien es unerlässlich zu sein, selbst Hand anzulegen. Ihre kleine Baumaßnahme musste geheim bleiben und nur sie kannten den Grund. Niemand, nicht einmal ihre Ehefrauen, sollte davon erfahren.

Obwohl der verheerende Luftangriff der Alliierten schon drei Tage zurücklag, zog noch immer der Geruch von Rauch über das Dorf. Bei diesem Angriff waren zwanzig Menschen alleine im Lessing Bunker, der voll getroffen worden war, ums Leben gekommen. 230 weitere Kieler hatten den Tod durch Kohlenoxydgase gefunden. Viele Frauen, Kinder und alte Leute waren erstickt, weil der Sauerstoff komplett von den lodernden Flammen über ihnen verzehrt worden war. Durch die Belüftung der Bunker und Keller war nur noch der todbringende Rauch gedrungen. Ganze Stadtteile wie beispielsweise Neumühlen-Dietrichsdorf lagen in Schutt und Asche. Der schwere Kreuzer »Admiral Hipper« hatte bei diesem Luftangriff zwei und der leichte Kreuzer »Emden« einen Treffer abbekommen. Wenig später wurden beide Schiffe in der Heikendorfer Bucht gesprengt und auf Grund gesetzt.

Das alles interessierte Berger und Schuster heute aber nicht. Sie mussten sich jetzt um wichtigere Dinge kümmern. Schuster holte eine Karte aus seiner Tasche und breitete sie auf dem Küchentisch aus. »So, Alfred«, sagte er stolz, »jetzt zeige ich dir, was ich organisiert habe und wohin unsere Reise gehen wird.«

Der Krieg war verloren, daran bestand kein Zweifel mehr. Der Gürtel um Deutschland zog sich stetig enger zusammen und die Schlacht lag in den letzten Atemzügen. Beide hatten zu viel Unrecht und Verbrechen auf ihre Schultern geladen, als dass sie in Deutschland hätten bleiben können. Als Hauptsturmführer der SS drohte Schuster auf jeden Fall die Todesstrafe. Alleine durch seine Taten im KZ Bergen-Belsen verdiente er den Strick. Noch war aber nicht klar, wer von den Alliierten die Stadt besetzen würde. Bei den Briten konnten alle mit einem ordentlichen Prozess rechnen. Die Russen hingegen erschossen nicht selten Angehörige der SS gleich, da die SS mit den Kommissaren der Russen nicht anders umgegangen war. Unter diesen Umständen blieb den beiden nur eines – die Flucht aus Deutschland. Zu dritt sollte es am 23.04.1945 mit einer Transportmaschine der Luftwaffe von Hamburg nach Portugal gehen. Schuster zog für die Flucht Spanien oder Portugal in Betracht. Spanien, unter Diktator Franco, war den Deutschen wohlgesinnt. Hatten die Deutschen doch Franco beim Bürgerkrieg 1936 unter anderem mit der »Legion Condor« tatkräftig unterstützt. Trotzdem entschied sich Schuster für Portugal als Fluchtland, weil es ihm einen weiteren Fluchtweg nach Brasilien offenhielt. Brasilien war lange Zeit eine portugiesische Kolonie gewesen und man pflegte seit Jahrhunderten sehr gute Handelsbeziehungen zueinander. Schiffe fuhren ständig zwischen Lissabon und Rio de Janeiro hin und her. Außerdem gab es in Brasilien einige deutsche Gemeinschaften, die vom Nationalsozialismus geprägt waren und ihnen gegebenenfalls helfen konnten.

Portugal scheint während des Zweiten Weltkrieges keinesfalls so neutral gewesen zu sein, wie es oft in den Geschichtsbüchern beschrieben wird. Wie in Italien, Spanien und Deutschland regierte auch in Portugal ein Diktator. Sein Name war Antonio Oliveira Salazar. Auch er regierte mit eiserner Hand und machte mit seinen politischen Gegnern, insbesondere den Kommunisten, kurzen Prozess. Seine Erfüllungsgehilfen waren die Mitglieder der GNR, eine paramilitärische Polizeieinheit, die das Volk einschüchterte. Im spanischen Bürgerkrieg unterstützte Salazar seinen Nachbarn Franco mit 18000 Soldaten und traf ihn danach auch immer wieder zum Gespräch. Und obwohl das Land seit Jahrhunderten Allianzen mit Großbritannien hatte, machte Diktator Salazar auch mit Deutschland Geschäfte. Um die Kriegsmaschinerie aufrechtzuerhalten, brauchte Deutschland dringend Wolfram. Dieses Metall aus der Chromgruppe wird unter anderem benötigt, um Stahl für Waffen zu härten. In Portugal gab es Wolfram und Salazar verkaufte es an das Deutsche Reich. Als Gegenleistung ließ er sich das Metall nicht mit Reichsmark, sondern mit insgesamt 124 Tonnen Nazigold bezahlen. Kurz gesagt: Der portugiesische Diktator stand zwischen zwei Stühlen, war den Deutschen sehr gewogen und hieß alle Flüchtigen in seinem Land willkommen.

Schuster hatte Alfred Berger den Plan genau erklärt und der zeigte sich von der gut organisierten Flucht begeistert. Dies war allerdings von Hauptsturmführer Schuster auch nicht anders zu erwarten gewesen. Er hatte hervorragende Beziehungen zu fast allen Einheiten der SS. Alles war genau geplant und ließ keine Fragen offen.

Schuster zog nun seine schmutzige Arbeitskleidung aus und schlüpfte in seine SS-Uniform. Er lud das Magazin seiner Pistole, steckte sie in die Pistolentasche und setzte seine Schirmmütze auf. Auch Alfred Berger machte sich fertig, zog seinen grauen Anzug an und setzte den dazu passenden Hut auf. Dann machten sich die beiden auf den Weg, um den dritten im Bunde abzuholen. Er wohnte nur ein paar Häuser weiter, bei seiner Mutter in Eigenheim. Der junge Gerhard Schuster war der Neffe von Hauptsturmführer Schuster. Vor einigen Monaten hatte ihn Schuster zur SS geholte und zu seiner Ordonnanz gemacht. Gerhards Mutter hatte ihren Schwager darum gebeten, weil Gerhard keinesfalls an die Ostfront gehen sollte. Dort hatte sie bereits ihren Mann und Hauptsturmführer Schuster seinen Bruder verloren. Schuster und Berger fuhren mit dem Opel Kapitän langsam vor das Haus, vor dem Gerhard bereits in Uniform wartete. Er stieg in die viertürige Limousine und setzte sich hinter Berger, der das Auto fuhr. Dann ging die Fahrt los.

Zur gleichen Zeit starteten in Großbritannien zwei Spitfire Jagdflugzeuge der Royal Air Force. »Spitfire« bedeutet zu Deutsch »Feuerspucker«, das Flugzeug galt als eines der besten Jagdflugzeuge seiner Zeit. Unter den eleganten Tragflächen waren vier 7,7-mm-Maschinengewehre montiert. Die zwei Piloten der Royal Air Force flogen mit einer Geschwindigkeit von fast 500 km/h in 4000 Meter Höhe ihrem Ziel entgegen. Der Captain und der Lieutenend der beiden Maschinen standen in ständiger Funkverbindung und tauschten Informationen über den Flug aus. Ihr Ziel war Kiel und ihr Auftrag hieß »clarification flight«. Man wollte Erkenntnisse darüber gewinnen, ob der Hafen und die U-Boot-Bunker beim letzten Bomberangriff endgültig zerstört worden waren. Insbesondere die deutsche Industrie, die den Soldaten immer wieder neuen Nachschub lieferte, musste geschwächt werden. Aber auch die Arbeiter gerieten immer mehr in den Fokus der Alliierten, da sie es waren, die die Arbeitsleistung vollbrachten.

Die drei fuhren mit dem eleganten Opel Kapitän über die holprige Straße bis runter zum Gutshof. Der Gutsverwalter kam aus dem Haus, als hätte er Alfred Berger schon erwartet. Er zeigte sich erstaunt, als er den SS-Hauptsturmführer und den SS-Schützen auf dem Hof stehen sah.

»Keine Angst, die Russen sind noch nicht da«, sagte Berger lachend. »Darf ich vorstellen, Lagerkommandant Hauptsturmführer Schuster und sein Neffe Schütze Schuster. Der Herr Lagerkommandant wollte mal vor Ort schauen, wie es seinen Schützlingen so geht.«

»Ach so«, entgegnete der Verwalter mit misstrauischer Stimme. Dann gab er Berger ein kleines edles Kästchen, auf dem in goldener Schrift »Cartier Paris« stand.

Seit Kriegsbeginn 1939 wurden Lebensmittelkarten ausgegeben. Anfangs schien die Versorgung der Bevölkerung mit Nahrungsmitteln noch gewährleistet, nicht zuletzt, weil sie aus den besetzten Gebieten einfach abgezogen und nach Deutschland gebracht wurden. Doch seit Ende 1941 wurden die Lebensmittel immer knapper und der Schwarzmarkt blühte. Jeder, der etwas zu tauschen hatte, fuhr aufs Land und trieb Handel mit den Bauern. Die meisten versetzten Familienschmuck, Tafelsilber, wertvolle Teppiche und Münzsammlungen. Dafür erhielten sie das, was sie wirklich zum Überleben brauchten, Eier, Brot, Obst, Gemüse, Milchprodukte und Fleisch. Die Landwirte verdienten in jenen Tagen gut und man sagte ihnen nach, dass sie ihre Kuhställe bald mit Perserteppichen auslegen könnten. Sie riskierten allerdings auch viel bei diesem Schwarzhandel, denn er war unter Strafe verboten. Alfred Berger wusste das und erpresste die Bauern damit. Sein Angebot lautete: dreißig Prozent der Erlöse für ihn und Schuster. So fuhr er regelmäßig mit seinem Opel Kapitän die vielen Höfe ab, die in seinem Zuständigkeitsbereich lagen, und kassierte.

Alfred Berger legte das Kästchen in den Kofferraum zu den anderen bereits erhaltenen Dingen, stieg mit Schuster wieder ins Auto und fuhr ohne viele Worte weiter. Die Zeiger der Uhr standen jetzt genau auf drei Uhr nachmittags und der Opel Kapitän fuhr in Richtung Bauer Heinrichs Hof. Sie hatten in den letzten Stunden bei neun Landwirten abkassiert und Bauer Heinrich sollte der Zehnte werden.

Jonathan ging gerade mit einem Eimer in der Hand über den Hof, als der Opel langsam die Auffahrt hochfuhr. Jonathan blieb stehen und schaute, bis das Fahrzeug mitten auf dem Hof zum Stehen kam. Die drei stiegen aus dem Wagen und schauten sich kurz um. Hauptsturmführer Schuster zog seine Uniform straff und setzte seine Schirmmütze auf. Jonathan erkannte seinen

Peiniger sofort und ging langsam, aber bestimmt in Richtung Scheune weiter.

Schuster schaute ihm nachdenklich hinterher und ging mit seinen hohen Schaftstiefeln, in denen seine Reiterhosen steckten, über den Hof. Die Arme auf dem Rücken verschränkt, inspizierte er jeden Winkel des Bauernhofs. Dann betrat er die Unterkunft der Zwangsarbeiter. Als er zur Tür hereinkam, saßen die drei Polen am Tisch, tranken Kaffee und aßen Brot. Beim unerwarteten Anblick ihres früheren Lagerkommandanten wussten sie nicht, ob sie aufstehen und Meldung machen sollten. Sie zogen es schließlich vor, stumm sitzen zu bleiben. Schuster ging durch den Raum, wobei die Absätze seiner Stiefel bei jedem Schritt auf den Holzboden knallten und eine kleine Erschütterung auslösten. Er marschierte behaglich durch die Stube und inspizierte die Unterkunft. Den Polen wurde langsam unwohl, weil sie wussten, wie unberechenbar der Lagerkommandant sein konnte. Schließlich stellte sich Schuster vor den Tisch und sagte: »Na, euch geht's ja gut hier was!« Damit verließ er den Raum, wie er gerade gekommen war.

Der Seniorbauer kam hektisch aus dem Haus gelaufen, zog sich noch die Hosenträger über die Schultern und begrüßte Alfred Berger aufgeregt. Dann gab er ihm ein Tuch, in dem einige Goldketten und Ringe eingewickelt waren. Berger breitete das Tuch auf der Motorhaube seines Autos aus und schaute sich die Steine der Ringe fachmännisch im Licht der Sonne an. Schuster kam von seinem Rundgang zurück, stellte sich dazu und tat Gleiches. »Es ist schon erstaunlich, was die Leute alles so versetzen, wenn der Magen knurrt«, sagte Schuster und beide lachten herzlich.

»Des einen Leid ist des anderen Freud«, ergänzte Berger und lachte dabei noch schmutziger. Gerhard stand schweigend daneben. Dann stiegen alle drei wieder in das Auto und fuhren die Straße hinunter. Der Wagen holperte etwas, als sie über den Feldweg fuhren, der nach Wellingdorf führte. Gerhard saß auf dem Rücksitz und genoss die schöne Aussicht, während sein Onkel in einem Buch blätterte. Darin notierte Berger, wie viele Zwangsarbeiter er an den jeweiligen Bauern übergeben hatte und was dieser im Gegenzug dafür zahlen musste.

»Alfred«, sagte Schuster nun überrascht, »hier in deinem Buch steht, dass du Bauer Heinrich drei Männer überlassen hast.«

»Ja und?«, fragte Berger gelangweilt.

»Und warum laufen da vier von diesen Gestalten durch die Gegend?«, fuhr Schuster fort. »Als wir ankamen, lief einer über den Hof, drei saßen gerade beim Kaffeekränzchen und hier in deinem Buch steht, dass du drei Männer an Heinrich abgegeben hast.«

Beide schauten sich ratlos an und Berger sagte: »Dann sollten wir doch mal umdrehen und den Heinrich fragen.«

Schuster holte seine Pistole aus der Pistolentasche und zog das Patronenmagazin zur Kontrolle heraus. Da ließ ihn ein Geräusch aus dem Fenster schauen und er sah am Horizont einen Tieffflieger, der direkt auf sie zu flog. Der Captain der Spitfire hatte den Opel Kapitän ebenfalls erspäht und nahm nun das Ziel ins Visier. Er drückte die Nase seiner Maschine etwas nach unten und feuerte seine 7,7-mm-MGs auf das fahrende Auto ab. Die einschlagenden Projektile rissen vor dem Opel eine tiefe Schneise in den Boden, pflügten die Erde förmlich um, bis vier der Patronen ins Ziel einschlugen. Berger schrie, er war am Arm getroffen worden, riss das Steuer panikartig nach links und trat das Gaspedal mit schmerzverzerrtem Gesicht voll durch. Der britische Captain zog seine Spitfire wieder nach oben, brachte sie in eine Neunzig-Grad-Schräglage und flog eine enge Linkskurve über die kahlen Felder des Dorfes. Der Opel Kapitän holperte über das Feld in Richtung des Flusses, Gerhard öffnete die Hintertür und ließ sich herausfallen. In Panik öffnete auch Hauptsturmführer Schuster seine Tür und sprang aus dem fahrenden Auto. Der Lieutenend der zweiten Spitfire hatte das Ziel, das sich ihm jetzt von der Seite bot, ebenfalls aufgenommen. Er flog mit hoher Geschwindigkeit nur wenige Meter über der Erde dahin und jagte eine volle Salve seines MG-Feuers in das Fahrzeug hinein. Die Kugeln rissen tiefe Löcher in das Blech, ließen die Scheiben zerspringen und Berger leblos über dem Lenkrad zusammenbrechen. Der Opel Kapitän rollte mit mäßiger Geschwindigkeit die Böschung hinunter, bis er schließlich an einem Baum, kurz vor dem Fluss zum Stehen kam. Der Captain, der sein Flugzeug wieder in eine optimale Schussposition gebracht hatte, nahm ein neues Ziel auf. Hauptsturmführer Schuster lief hysterisch und schreiend über das Feld. Der Boden war leicht aufgeweicht und der Dreck klebte an seinen blanken Schaftstiefeln, so stolperte er voran. Mit dem Leben anderer war er nie zimperlich umgegangen. Es hatte ihm nie etwas ausgemacht, auch aus nächster Nähe auf einen Menschen zu schießen. Aber heute war er der Gejagte. Der Captain konnte aus der Luft die Uniform des SS-Mannes erkennen und drosselte die Geschwindigkeit seines Flugzeuges etwas. Als Schuster im Fadenkreuz der Spitfire stand, schoss der Pilot aus allen Rohren. Es klang fast, als würden die MGs Recht sprechen und all die Geschändeten die letzte Anklage verlesen. Die Patronen durchsiebten Hauptsturmführer Schuster regelrecht und ließen ihn auf dem Feld leblos zusammenbrechen.

Gerhard blieb flach auf dem Boden liegen und bewegte sich erst wieder, als die Motoren der Spitfires in der Ferne verstummt waren.

Nun stand er auf und stellte bei sich einige Schürfwunden fest. Nach kurzer Zeit trafen Fiete Kunze und zwei weitere Arbeiter des Gutshofes ein, sie hatten den Angriff von Weitem beobachtet. Sie untersuchten den jungen Mann genau, aber er war wie durch ein Wunder fast unverletzt geblieben. Für Berger und Schuster gab es keine Rettung mehr. Ihre sterblichen Überreste wurden auf den Anhänger eines Traktors verladen und abtransportiert. Später beim Stammtisch erzählte Fiete Kunze, dass er nicht mehr erkennen konnte, ob es sich bei ihnen um Menschen handelte oder um Kühe, in die der Blitz eingeschlagen war.

Kapitel 17

Die Jahre 1992 bis 1995

Ich hatte die Wehrpflicht bei der Bundeswehr überstanden und wollte mich wieder meinem Beruf widmen. In der Gastronomie gilt es als eine gute Qualifikation, wenn man einige Zeugnisse von renommierten Häusern vorlegen kann, in denen man Erfahrungen gesammelt hat. Ich kaufte mir die Hotel- und Gaststättenzeitung und stieß auf eine interessante Stellenanzeige. Ein kleines Hotel in Frankfurt am Main suchte einen Restaurantfachmann. Eine Großstadt wie Frankfurt wollte ich gerne kennenlernen und so bewarb ich mich umgehend. Bereits drei Tage später trat ich meinen neuen Arbeitsplatz an.

Das Hotel lag recht idyllisch am Waldesrand im Stadtteil Oberrad, an der Stadtgrenze zu Offenbach. Eigentlich hätte man hier zwischen zwei Großstädten nicht so ein schönes Plätzchen vermutet. Ich hatte Glück und konnte nach wenigen Tagen ein Personalzimmer beziehen, mit herrlichem Blick auf den Wald. Das kleine Mansardenzimmer, das recht spartanisch mit Bett, Kleiderschrank und Schreibtisch bestückt war, richtete ich mir gemütlich ein. Fernsehgerät, Videorecorder und Stereoanlage besorgte ich mir selbst. Es war nichts Besonderes, aber mit den eigenen Sachen wurde es doch ganz angenehm.

Das Hotel bot nur neun Zimmer zur Vermietung an, was man als wirklich klein bezeichnen konnte. Anziehungspunkt für die Gäste aus dem Rhein-Main-Gebiet war die exzellente Küche des Hauses. Der Chef selbst, der bei namhaften Meisterköchen sein Handwerk gelernt hatte, stand neben drei weiteren Köchen am Herd und kontrollierte jedes Essen, das die Kellner zum Gast brachten. Das Restaurant verfügte auch nur über zwölf Tische, an denen insgesamt fünfzig Gäste Platz fanden. Außer mir arbeiteten noch zwei weitere Restaurantfachleute in dem Lokal, mit denen ich mich gleich gut verstand. Sehr schnell fiel mir auf, dass ich es hier in Frankfurt mit einer ganz anderen Gästestruktur zu tun hatte als in Kiel. In dem Haus, in dem ich meine Berufsausbildung gemacht hatte, verkehrten Gäste, die aus Tradition reich waren. Manchmal waren es Adlige oder Leute aus der Industrie oder Politik. Sehr viele Geschäftsleute und Künstler gingen dort ein und aus, die alle ein gewisses Benehmen an den Tag legten. Das war in der Mainmetropole anders. Hier lief es wirtschaftlich sehr gut. Die Bankenmetropole Frankfurt mit dem großen Flughafen, namhaften Unternehmen und der Börse zählte schon damals zu einer der reichsten Städte Europas. Unter solchen Umständen bekamen auch sehr bürgerliche Leute die Chance, sich etwas von dem großen Kuchen abzuschneiden. Na ja, oftmals waren es nur die Kuchenkrümel, die sie ergatterten. Aber auch davon ernährten sie sich recht gut. Dieser Personenkreis wurde quasi mit der guten Wirtschaftslage nach oben gespült und wäre wohl in einer anderen Stadt nicht so erfolgreich gewesen. Aber gerade diese Leute sind es dann, die sich unwahrscheinlich groß vorkommen und sich regelmäßig danebenbenehmen.

Obwohl das Restaurant zur gehobenen Klasse mit entsprechenden Preisen zählte, kam es nicht selten vor, dass ein Gast nach dem Kellner pfiff oder mit den Fingern schnippte. Es passierte auch, dass der Gast den Kellner abwertend mit Du ansprach. Der Gast hingegen erwartete, mit einem respektvollen Sie angesprochen zu werden.

Und auch die Kriminalitätsrate war nicht niedrig. Frankfurt hatte seit langer Zeit den traurigen Ruf, Hauptstadt des Verbrechens zu sein. Ich hatte bis zu diesem Zeitpunkt noch nirgendwo so gegensätzliche Lebensqualitäten gesehen wie in Frankfurt am Main. Auf der einen Seite standen die Gewinner mit großen Autos, Schmuck und allem, was zu einem luxuriösen Leben dazugehörte. Auf der anderen Seite standen erbärmliche Verlierer. Bei meinem ersten abendlichen Spaziergang durch die Einkaufsstraße Zeil konnte ich kaum glauben, was ich hier sah.

Alle paar hundert Meter wurde ich von Junkies angesprochen, ob ich etwas kaufen wolle. Ich ging jedes Mal schnell weiter, bis ich an der Hauptwache ankam, dem Ende der Einkaufsstraße. Dort lagen Drogenabhängige nebeneinander und setzten sich ungeniert eine Heroinspritze. Ein Mann vom Ordnungsamt stand bei ihnen und gab den Abhängigen die Anweisung, sie sollten doch bald mal fertig werden.

Für mich, als Junge vom Lande, war das unglaublich. Man hatte mal auf der Toilette meiner Schule ein Fixerbesteck gefunden. Sofort kam die Kriminalpolizei und hat die Utensilien wie Löffel, Kerze, Gürtel und Spritze untersucht. Es hatte sich dann schnell herausgestellt, dass alles präpariert worden war und sich jemand einen schlechten Scherz erlaubt hatte. Was ich hier sah, sah nicht nach einem schlechten Scherz aus, sondern nach trauriger Wahrheit.

Ich ging weiter, durch die Taunusanlage bis kurz vor den Hauptbahnhof. Ein kleiner Polizeibus, auf dem »Überfallkommando« stand, sauste mit Blaulicht und Martinshorn an mir vorbei. Ich betrat die Bahnhofshalle und ein verlumpter Jugendlicher sprach mich an und fragte, ob er ihm eine Mark geben könnte. Er säuselte mit leiser Stimme, er benötige das Geld für sein Schließfach. Augenblicklich zog ich mein Portmonee aus der Tasche und gab ihm zwei Mark. Wie ich später erfuhr, hatte ich sehr viel Glück, dass er mir die Geldbörse dabei nicht entrissen hat. Diese Masche sei üblich, wie man mir später erzählte.

Ich ging weiter und schaute mich in der Gegend um. Wie auch schon in der Einkaufsstraße gab es hier sehr exquisite Einkaufsläden. Mit einer Rolltreppe fuhr ich runter, wo man eine Vielzahl von weiteren Geschäften unterirdisch bestaunen konnte. Ich schaute mir die Läden an, nahm die Rolltreppe nach oben und stand wieder auf dem Bahnhofsgelände, als mich plötzlich ein junges Mädchen ansprach. Ihr Alter konnte ich nur schwer schätzen, sie mag vielleicht sechzehn Jahre alt gewesen. Sie hatte helle, rotfleckige Haut. Ihre Wangenknochen stachen aus ihrem mageren, blassen Gesicht heraus. Sie hatte tiefe, dunkle Augenränder und die wenigen Zähne in ihrem Mund waren verfault. Um ihre rechte Schulter trug sie eine aus der Mode geratene Handtasche. Sie warf ihr strähniges Haar zurück und fragte mich, ob ich Zeit hätte.

»Nein«, sagte ich, ohne lange zu überlegen, »ich habe es sehr eilig und gleich einen Termin.« Sie versuchte mich festzuhalten und versicherte mir, dass sie für fünfzig Mark alles tun würde. Ich schaute zu, dass ich zügig weiterkam, bis ich nach einigen Metern an einer roten Ampel stehen bleiben musste. Ich blickte noch einmal vorsichtig zurück und sah, dass sie nun auf einem Geländer saß. Viele andere Mädchen saßen ebenfalls dort und warteten offensichtlich auf Kundschaft.

Grundsätzlich fand ich Prostitution nicht verwerflich, gilt sie doch als ältestes Gewerbe der Welt. Aber das Mädchen, das mich da gerade angesprochen hatte, war keine Prostituierte. Ich hatte noch nie in meinem ganzen Leben so einen zerstörten Menschen gesehen. Ich fragte mich, was das für Männer sind, die mit so einer jämmerlichen Kreatur Sex haben konnten. Dieses Mädchen gehörte nicht auf die Straße, sondern in ein Krankenhaus.

Beim Abendessen berichtete ich meinen neuen Kollegen von den Erfahrungen, die ich in der Großstadt gemacht hatte. Für die war das alles nichts Neues und völlig normal. Mein Chef erzählte uns dann, was seiner jüngsten Tochter kürzlich auf der Grundschule passiert war. Einem Lehrer war aufgefallen, dass sich alle Grundschulkinder Oblatenbilder in ihre Hefte geklebt hatten. Der aufmerksame Lehrer fragte die Kinder, woher diese Bilder kamen. Ihm wurde erzählt, dass die Kinder sie von zwei Jungen bekamen, die gelegentlich vor der Schule standen und sie dort großzügig verschenkten. Der Lehrer sammelte einige der Oblaten ein und übergab sie der Polizei. Nach wenigen Stunden stand das Ergebnis fest. Um die Bilder in ein Heft einkleben zu können, musste man an der Gummierung auf der Rückseite lecken. Dort waren Spuren von LSD aufgebracht, um die

Kinder süchtig zu machen. Diesen Vorgang nennt man in der Drogenszene anfixen. Streng nach dem Motto: Die Kinder von heute sind unsere Kunden von morgen. Zwei Tage später standen die Jugendlichen wieder vor der Schule, um ihre Bilder zu verschenken und die Polizei konnte dem Spuk glücklicherweise ein Ende machen.

Obwohl ich von diesen Ereignissen ausgesprochen geschockt war, hatte ich mich nach einigen Monaten bestens an meinem neuen Arbeitsplatz eingelebt. Viele Gäste waren zwar schwierig, aber die meisten zeigten sich doch recht umgänglich. Abends fuhr ich mit meinen Kollegen oft ins Nachtcafé. Dort saßen wir gerne an der Bar, aßen Rinderfilet mit Baguette und tranken Rotwein. Hin und wieder hatte ich mal eine Freundin, aber es war nie etwas Festes.

Eigentlich wollte ich nur ein Jahr in diesem Hotel bleiben und ein paar Erfahrungen sammeln. Aber ehe ich mich versah, waren drei Jahre vergangen. Ich wohnte immer noch in dem kleinen Personalzimmer und hatte mittlerweile auch meinen Wohnsitz hier angemeldet. Ich stand gerade hinter dem Buffet, als der Postbote mir einen Brief übergab. Das Schreiben kam von der Bundeswehr. Genau genommen von der Stammdienststelle der Luftwaffe, kurz SDL, in Köln. Man fragte mich in diesem Schreiben, ob ich in meiner Eigenschaft als Reservist an einer Übung namens »Roving Sands '95« teilnehmen wollte. Es handelte sich um eine logistische Übung, bei der man das deutsche Material unter extremen Bedingungen in der Wüste testen wollte. Ich sollte für sechs Wochen in Amerika, Texas, in der Nähe der Stadt El Paso eingesetzt werden. Neben der Übernahme der Gehaltszahlung bot man mir eine lukrative Auslandszulage an. Außerdem sollte ich gleich zum Unteroffizier befördert werden. Mich reizte bei dieser Einberufung vor allem der Aufenthalt in den USA. Ich war noch nie in den Vereinigten Staaten gewesen und das war eine wirklich günstige Gelegenheit.

Ich besprach die Angelegenheit mit meinem Chef und der

zeigte sich schnell einverstanden, zumal ihm kein finanzieller Schaden entstand. Als ich der SDL schrieb, dass ich an der Übung teilnehmen wollte, ahnte ich nicht im Geringsten, dass dies mein gesamtes Leben beeinflussen sollte.

Kapitel 18

Das Jahr 1995

Der Juni war gekommen und ich meldete mich in der Prinz-Heinrich-Kaserne in Lenggries, beim Luftabwehrraketengeschwader 6, im tiefsten Oberbayern. Ich wurde freundlich von einem Feldwebel begrüßt und man führte mich mit einigen anderen Reservisten zur Kleiderkammer. Nachdem ich meine gesamte Ausrüstung erhalten hatte, gab es einen Vortrag über den Sinn und Zweck der Übung. Der Oberst und Kommandeur des Geschwaders machte einen hoch motivierten Eindruck, als er die Details des Auftrages näher erläuterte. Am Abend gingen wir in unsere Unterkünfte und am nächsten Morgen bestiegen wir Busse, die uns nach Köln-Wahn brachten. Dort blieben wir eine weitere Nacht. Am nächsten Morgen befand ich mich in einem Airbus A320 der deutschen Luftwaffe, der in Richtung Washington DC abhob. Der Flug unterschied sich kaum von einem zivilen Flug. Lediglich die Stewards trugen die Uniformen der Luftwaffe und waren vielleicht nicht ganz so attraktiv wie ihre weiblichen Kolleginnen bei der Lufthansa. Gegen elf Uhr Ortszeit setzte der Airbus auf dem militärischen Teil des Flughafens in Washington DC auf. Mit dem Besteigen der Transall C160 der Bundeswehr stand uns der unbequemste Teil unserer Reise bevor. Wir nahmen Platz auf provisorischen Sitzmöglichkeiten des im Jahre 1967 in Dienst gestellten Transportflugzeuges. Als wir dann endlich unsere Flughöhe von 6000 Metern erreicht hatten und mit einer Geschwindigkeit von 450 km/h durch die Luft glitten, wurde es bitterkalt im Innenraum. Das Brummen der Triebwerke war ohne Gehörschutz kaum auszuhalten. Doch schließlich setzten wir nach gut vier Stunden und völlig geschafft zum Landeanflug auf El Paso an. Nun sollte es nur noch eine kleine Bustour von einer Stunde sein, bis wir uns am Ziel im Camp Dona Ana, inmitten der texanischen Wüste befanden. Dona Ana war eine Barackenstadt, die von allen Streitkräften der NATO angemietet werden konnte, um dort ihre Soldaten auszubilden. Ich ging durch den weichen Sand des endlos wirkenden Camps, in dem eine Wellblechbaracke neben der anderen stand. Meine Bude hatte die Nummer 8112. Ich betrat die schäbig wirkende Unterkunft und begrüßte die anderen neunzehn Kameraden, die gerade damit beschäftigt waren, sich häuslich einzurichten. Jeweils zehn Feldbetten standen links und rechts mit dem Fußende dem Gang zugewandt an der Wand. Vor einem der Betten befand sich meine Seekiste und links daneben ein klappriger und verbeulter Spind, der offensichtlich schon vielen Soldaten gedient hatte. Ich war gerade damit beschäftigt, meine Kiste zu öffnen, als der Spieß und Kompaniefeldwebel eintrat. »Guten Tag, Männer! Sie sind neu hier, deshalb einige schnelle Informationen. Lassen Sie keine Lebensmittel oder Getränke offen liegen, sonst haben Sie sofort das Ungeziefer aus der Wüste in der Hütte. Rollen Sie immer Ihre Schlafsäcke zusammen, damit keine Spinnen oder Schlangen reinkriechen können. Weitere Informationen bekommen Sie morgen früh!«

Wir schauten uns an und hoben die Augenbrauen, nachdem der Kompaniefeldwebel den Raum genauso schnell wieder verlassen hatte, wie er gekommen war.

Trotz größter Müdigkeit schlief ich die ganze Nacht sehr unruhig, was wohl auch an der eisigen Kälte lag, die sich nachts über die Wüste legt. Selbst der gute Schlafsack der Bundeswehr bot nicht ausreichend Schutz dagegen. Ein weiterer Grund für meine Schlaflosigkeit war, dass ich mir ständig einbildete, eine Spinne würde in meinen Schlafsack kriechen. Der Kommandeur, der uns noch am Vortag in Lenggries informiert hatte, hatte uns mit großer Freude alles über die texanische Tierwelt erzählt. Spinnen, die so groß werden können wie eine ganze Hand. Giftige Skorpione, Schlangen und natürlich die Schwarze Witwe, deren Biss noch tödlicher sein kann als der Biss einer Klapperschlange.

Doch ich überstand die erste Nacht lebend, stand mit den anderen frühzeitig auf, duschte und ging mit allen zum Frühstück. Wie in Amerika üblich standen Spiegeleier mit Toast, Pfannkuchen und Kaffee auf dem Speiseplan. Danach trafen wir uns in einer Art Freizeitraum, der mit einer gemütlichen Sitzecke, Fernseher und Bar ausgestattet war. Hier sollten wir über Land und Leute unterrichtet werden.

Der gleiche Kompaniefeldwebel, der uns am Vortag schon mit Informationen versorgt hatte, trat vor uns: »So, Männer, ich begrüße Sie nochmals hier in El Paso im Camp Dona Ana. Ich möchte mich mit einigen weiteren Informationen und Befehlen an Sie wenden, die Sie bitte beherzigen. Zunächst haben Sie an einem freien Tag pünktlich um vierundzwanzig Uhr wieder im Camp zu erscheinen. Wenn Sie in die Stadt El Paso fahren, wird Ihnen schnell auffallen, dass die Leute sehr freundlich und hilfsbereit sind. Soldaten haben hier einen guten Stand. Aber fangen Sie hier keinen Streit an, auch dann nicht, wenn Sie provoziert werden. Gehen Sie jedem Konflikt aus dem Wege. Jeder Texaner hat das Recht, eine Waffe zu besitzen und glauben Sie mir, es hat auch jeder eine. Falls Sie sich ein Fahrzeug leihen und damit auf eigene Faust durch die Gegend fahren, achten Sie immer auf den Verkehr. Rechnen Sie mit den Fehlern der anderen Verkehrsteilnehmer. Es gibt hier keine Fahrausbildung wie in Deutschland. Außerdem gibt es keinen TÜV und die Fahrzeuge sind oft nicht verkehrssicher. Treten Sie lieber einmal mehr auf die Bremse, der andere Verkehrsteilnehmer hat vielleicht nicht einmal eine. Falls Sie Probleme mit der Polizei bekommen, bilden Sie sich nur nicht ein, Sie könnten denen erzählen, Sie seien von der German Air Force und würden deshalb Sonderrechte genießen. Der Sheriff lacht Sie dann höchstens aus. Bleiben Sie freundlich und bestehen Sie nicht mit Nachdruck auf Ihrem Recht. Wenn Sie nachts in die Stadt fahren und dort von einer Prostituierten angesprochen werden, gehen Sie weiter. Prostitution ist in Texas unter Strafe verboten. Auch die Herren, die solche Dienstleistungen in Anspruch nehmen, machen sich strafbar. Die Dame, die Sie dort anspricht, könnte vielleicht sogar eine Polizistin sein und Sie verhaften, sobald Sie ihr Angebot annehmen. Sollte das passieren, meine Herren, müssen Sie selbst sehen, wie Sie aus dieser Nummer wieder rauskommen. Das ist dann Ihr persönliches Problem, verstanden?«

Der Kompaniefeldwebel rasselte seine Belehrung routiniert runter und schaute dabei immer wieder warnend in die Runde. Dann fuhr er mit klarer Stimme fort: »Wer sich nach Mexiko begeben will, um zu der berüchtigten Bar »Mama Cita« zu fahren, sei gewarnt. Das hier ist nicht Deutschland, meine Herren. Wenn Ihnen dort etwas passiert, sind Sie ebenfalls auf sich alleine gestellt. Fahren Sie dort am besten nur mit erfahrenen und ortskundigen Kameraden hin.« Damit warf er einen letzten prüfenden Blick in die Runde und verabschiedete sich von uns.

Mama Cita, die mit bürgerlichem Namen Amparo Cluber Le Roy hieß, war die Eigentümerin jener Bar mit gleichem Namen in Mexiko, in der Stadt Ciudad Juárez am Rio Grande. Die Stadt befindet sich gleich an der Grenze zu Texas und der Stadt El Paso. Mama Cita, die bereits über siebzig Jahre alt war, zog insbesondere deutsche Soldaten in ihr Geschäft. Es gab viele Gerüchte über sie. Ein alter Apotheker aus Ciudad Juárez behauptete, dass die junge Amparo nach dem Zweiten Weltkrieg deutsche Kriegsgefangene aus den US-Gefangenenlagern über die Grenze nach Mexiko geschleust haben soll. Erzählungen zufolge soll ihre Mutter eine Deutsche aus Hamburg gewesen sein und ihr Vater ein Mexikaner aus Juárez. Mir wurden viele Anekdoten über Mama Cita erzählt, wovon die meisten wohl der Fantasie des Erzählers entstammten. Wahr ist allerdings, dass es Mama Cita heute nicht mehr gibt, weder die Bar noch den Menschen. 1997, Anfang Januar, wurde eine weibliche Leiche inmitten von Bergen monatelang angehäuften Mülls gefunden. Die Leiche, die von Polizeibeamten entdeckt wurde, lag dort bereits seit fünf

Tagen. Es stellte sich heraus, dass es sich um die 74-jährige Amparo Cluber Le Roy handelte. Man sagt, dass ihr eine Gruppe deutscher Soldaten einen Grabstein stiftete und ihre Grabstätte seitdem pflegt.

Obwohl auch schon die damaligen Verteidigungsminister Helmut Schmidt und Franz Josef Strauß ihre Visitenkarten in der berüchtigten Bar gelassen haben sollen, habe ich das Haus nie besucht – ehrlich.

Aber wie dem auch sei, um sechzehn Uhr sollte mein erster Dienst beginnen und ich meldete mich bei meinem Vorgesetzten. Der junge Leutnant machte einen sehr netten Eindruck und legte auch nicht viel Wert auf militärisches Gehabe. Neben meinen Ausrüstungsgegenständen wie Schlafsack und Wasserflasche nahm ich noch zwei amerikanische Verpflegungseinheiten mit. Dann ging ich zur Waffenkammer und holte mir meine Maschinenpistole der Marke Uzi. Der Leutnant saß bereits am Steuer des Mercedes Geländewagens 250GD, als ich mich zu einem Kameraden auf den Rücksitz begab. Dann setzte sich das Fahrzeug in Richtung Kampfstellung in Bewegung. Wir fuhren mit offenem Verdeck etwa dreißig Kilometer über eine Straße, die durch die Wüste führte. Die Straße wurde sehr wenig befahren und nur selten kam uns ein Fahrzeug entgegen. Links und rechts vom Straßenrand lag verstreut Müll wie Wasserflaschen, Plastiktüten und andere Verpackungen. Der Unrat war so gleichmäßig und dicht verteilt, dass sich einem der Eindruck aufdrängte, jemand hätte sich die Mühe gemacht, alles mit der Hand zu verstreuen. Dann wurde das Fahrzeug langsamer und der Fahrer bog in einen Sandweg ein, der tiefer in die Wüste hineinführte. Mit mäßiger Geschwindigkeit steuerte der Leutnant den Mercedes über den festgefahrenen Wüstensand. Nach zwanzig Minuten sahen wir unsere Stellung. Ein langer Mast, an dem Satellitenschüsseln befestigt waren, ragte in den Himmel. Auf einer Fläche von tausend Quadratmetern standen Lkws, Unimogs, Geländefahrzeuge und einige Dixiklos. Die gesamte

Stellung war abgedeckt mit Tarnnetzen, die allerdings nicht ihren Zweck erfüllten. Die Netze waren dunkelbraun und der Wüstensand war hell. Farblich hoben wir uns also deutlich vom Boden ab und jedes feindliche Flugzeug hätte uns schon aus vielen Kilometern Entfernung entdeckt. Der Leutnant parkte das Geländefahrzeug unter einem der Netze und wir stiegen aus. Im Hintergrund brummten monoton die Stromerzeugungsaggregate. Unser Arbeitsplatz war ein spezieller Container, der auf die Ladefläche eines Lkws gekettet worden war. Im Container befanden sich drei Funkplätze und ein Kartentisch. Ausgestattet waren wir mit sämtlichen Kommunikationsmitteln wie Funk- und Faxgeräten. Die Schicht, die wir ablösen sollten, zeigte uns noch die Schlafgelegenheiten. Auf der Ladefläche eines Lkws standen sechs Etagenbetten und ein Heizlüfter. Der Leutnant und wir drei Unteroffiziere richteten unsere Arbeitsplätze ein und gingen gegen Mitternacht zum Schlafen auf den Lastwagen. Zu meiner Überraschung nächtigte man hier sehr viel besser als auf dem Feldbett im Camp. Die Betten waren mit richtigen Matratzen ausgestattet und wesentlich bequemer. Der Heizlüfter spendete genügend Wärme, sodass wir nicht frieren mussten.

Am nächsten Morgen standen wir auf und nach einem Pulverkaffee aus dem Verpflegungspack ging es an die Arbeit. Meine Aufgabe war es, die Personalstärke des gesamten Geschwaders zu erfragen. Drei weitere Kampfstellungen befanden sich irgendwo draußen in der Wüste und bildeten ein sogenanntes Cluster. Ich funkte eine Stellung nach der anderen an und fragte nach der Personenzahl. Die Daten trug ich auf ein Formblatt ein und faxte es an die Geschwaderführung. Nach ungefähr einer Stunde war meine Arbeit getan und ich saß an meinem Schreibtisch und las ein Buch von Konsalik, »Der Leibarzt der Zarin«. »Die meiste Zeit verbringt der Soldat mit Warten«, so lautet ein altes Sprichwort. Diesem Satz trug ich Rechnung. Gegen siebzehn Uhr kam die andere Schicht, löste uns ab und wir hatten Feierabend bis zum nächsten Dienstbeginn um die gleiche Zeit.

Zwei der insgesamt sechs Wochen vergingen schnell und alles verlief zunächst ohne besondere Vorkommnisse, wie man das bei der Bundeswehr nennt. Doch dann fuhren wir wieder in die Stellung und übernahmen die Arbeit unserer Kameraden. Ich saß an meinem Funktisch und las die Zeitung, bis ich dem Leutnant meldete, dass ich ins Bett gehen würde. »Ich habe heute schon schwer gearbeitet und bin jetzt müde«, versuchte ich ihm weiszumachen.

»Ja, geh mal, aber lass ja die Hände über dem Schlafsack«, scherzte mein Vorgesetzter. So verließ ich den Container und verschwand in der Dunkelheit der Wüste. Der Mond stand groß am Himmel und spendete Licht. Der Lkw mit unserem Schlaflager befand sich am anderen Ende des Lagers. Langsam ging ich über den festgetretenen Sand der Wüste, im Hintergrund brummten die Stromerzeugungsaggregate. Auf einmal vernahm ich noch ein anderes Geräusch. Ich blieb stehen und lauschte. Es war ein Knistern, das dann aber wieder weg war. Ich ging weiter und nach wenigen Metern hörte ich das komische Geräusch wieder. Ich blieb erneut stehen und horchte ganz konzentriert hin. Ich konnte dieses eigenartige Knistern jedoch nicht einordnen, weil es mir absolut fremd war. Diesmal hörte es nicht auf zu rascheln und ich zog meine Taschenlampe aus meiner seitlichen Hosentasche. Ich leuchtete die verschiedenen Lastwagen an, die in der Wüste standen. Dort konnte ich aber nichts Verdächtiges bemerken. Dann richtete ich den Lichtkegel direkt vor meine Füße und dacht nur noch: Scheiße. Ich sah den Kopf einer Texas-Klapperschlange. Sie befand sich in etwa einem Meter Entfernung vor mir und rollte sich zusammen. Drohend raschelte sie mit ihrer Klapper, dann machte sie plötzlich einen Satz in meine Richtung und biss mir ins rechte Bein. Aufgeregt schrie ich um Hilfe und schwenkte mein Bein hin und her, um das Reptil abzuschütteln. Dabei hatten sich ihre Giftzähne in meiner Hose verhakt und es dauerte eine ganze Weile, bis sie von mir ließ.

Augenblicklich waren mehr als zehn Kameraden zur Stelle. Ein Hauptmann riss mich zu Boden, zog meine Stiefel aus und suchte im Lichte der Taschenlampen meiner Kameraden die Bisswunde. So sehr er sich auch bemühte, er fand nichts. Währenddessen wurde der Arzt im Camp über Funk informiert. Um meinen Kreislauf zu schonen, trugen mich vier Mann in einen Geländewagen und legten mich auf den Rücksitz. Der Leutnant startete das Fahrzeug und wir fuhren zügig in Richtung Camp Dona Ana. Als wir den Sandweg der Wüste verließen und auf die Straße bogen, sah man bereits kilometerweit die blinkenden Blaulichter des Rettungsfahrzeugs, das uns entgegenkam. Nach wenigen Minuten trafen wir aufeinander und ich wurde in den Krankenwagen getragen. Der junge Stabsarzt untersuchte meine Beine, konnte aber keine Bisswunde finden. Vorsorglich setzte er eine Spritze mit dem Medikament CroFab, das eine Art Gegengift ist. Ich wurde ins Camp gefahren, setzte mich dort an die Bar und trank einen Weinbrand auf Kosten der Bundeswehr. Am nächsten Tag traf ich die Kameraden meiner Schicht, die mir stolz eine leblose Trophäe brachten. Es handelte sich um die 1,50 Meter lange Texas-Klapperschlange, die mich glücklicherweise nicht erwischt hatte. Diese Schlangen beißen in der Regel nicht höher als dreißig Zentimeter und deshalb hatte sie nur meinen Stiefel erwischt. Ihre spitzen Giftzähne waren nicht durch das zähe Leder meiner Springerstiefel durchgedrungen, sie hatten lediglich ein ganz kleines Loch verursacht. Bei mir verursachte diese Begegnung allerdings einen Schock, von dem ich mich erst Tage später wieder erholt hatte.

Es verging einige Zeit und ich hatte mich weitgehend von dem Vorfall erholt, als meine Kameraden mich abends unbedingt nach El Paso mitnehmen wollten. Sie mussten mir unbedingt eine bestimmte Tabledance-Bar zeigen, in der es unwahrscheinlich toll sein sollte. Wir fuhren zu viert in einem geliehenen Ford in Richtung Stadt, auf dem Parkplatz vor einer Halle stoppten wir. Am Eingang zahlten wir jeder unsere fünfzehn Dollar Eintritt und nahmen an einem runden Aluminiumtisch Platz. Es spielte laute Musik in der großen, kalten und ungemütlichen Halle. An jeder Wand stand eine große Bühne, auf der jeweils eine nackte Frau tanzte. Nach jedem Lied, das gespielt wurde, wechselten die Frauen im Uhrzeigersinn die Bühne und tanzten zum nächsten Lied auf einer anderen Plattform. Die Männer konnten nach vorne an das Podest treten und den Damen ein paar Dollarscheine zustecken. Die Lady gewährte ihnen daraufhin einen noch tieferen Einblick an entsprechende Stellen.

Ich saß auf einem drückenden Aluminiumstuhl und trank gelangweilt mein Bier. Ich hatte weder etwas gegen nackte Frauen noch gegen Erotik, aber das hier war mehr etwas für einen Gynäkologiestudenten im ersten Semester. Erotik basierte für mich eher darauf, die Fantasie des Betrachters anzuregen. Diese Damen zeigten jedoch alles, da gab es nichts mehr zu fantasieren. Das fand ich nach einer gewissen Zeit sehr langweilig und ich hielt mich an meinem Bier fest. Gegen zweiundzwanzig Uhr konnte ich meine drei Gefährten endlich überzeugen aufzubrechen, um noch etwas essen zu gehen.

Auf dem Weg ins Camp Dona Ana fuhren wir an verschiedene Fastfoodrestaurants vorbei, bis wir an einem hielten, das einen besonders guten Ruf hatte. Das Restaurant war an diesem Abend nur wenig besucht und wir hatten die freie Tischwahl. Kurz nachdem wir uns gesetzt hatten, kam eine Kellnerin zu uns an den Tisch. Jeder Hamburger konnte individuell zusammengestellt werden und jeder von uns hatte eine Menge Sonderwünsche. Hinzu kam, dass wir uns nicht besonders gut verständigen konnten und die Kellnerin mehrmals nachfragen musste. All das brachte die Bedienung aber nicht aus der Ruhe. Lustig und vergnügt nahm sie unsere Bestellung auf und erwähnte ausdrücklich, dass wir Getränke kostenfrei nachbestellen könnten. Und so aßen wir etwas später unsere Hamburger und unterhielten uns über belanglose Dinge. Doch dann sprach uns auf einmal ein Herr vom Nachbartisch an. Ich hatte ihn bereits bemerkt, als er das Restaurant kurz nach uns betreten hatte. Er schien so um die siebzig Jahre alt zu sein. Eine ziemlich dürre Gestalt mit braungebranntem Gesicht und tiefen Falten. Seine Haare, die er mit Haarwachs strähnig zurückgekämmt hatte, riefen nach einem Friseur. Sein schmaler Körper füllte die Jeanshose und das weiße Hemd nur bedingt aus. »Seid ihr Deutsche?«, fragte er uns auf Deutsch mit starkem amerikanischen Akzent.

»Ja, wir sind hier auf Übung mit der Bundeswehr«, antwortete einer von uns.

Er kannte sich gut aus und wusste gleich, dass wir im Camp Dona Ana residierten. Er erzählte uns in gebrochenem Deutsch etwas über die Stadt El Paso. Dann fragte er uns, woher wir denn kommen würden.

Wir waren ein gemischter Haufen, einer von uns stammte aus Köln, ein anderer aus Düsseldorf und ein weiterer aus Oldenburg. Ich wusste nicht, ob ich sagen sollte, dass ich aus Frankfurt oder aus Kiel komme. Beides war ja in meinem Fall gewissermaßen richtig. Ich entschied mich für Kiel.

Als er den Namen meiner Stadt hörte, blieb ihm beinahe der Hamburger im Hals stecken. Er schaute mich geschockt an und sagte dann: »Kiel kenne ich auch, wo kommst du da genau her?«

»Na ja, das ist nicht genau Kiel. Ich komme aus Schönkirchen und das Dorf, in dem ich lange Zeit wohnte, heißt Oppendorf«, antwortete ich.

Er schob den Hamburger beiseite und schaute mich mit großen Augen an, gerade so, als hätte er ein Gespenst gesehen. Dann fing er an, über Schönkirchen zu erzählen. Er kannte den Gutshof, nannte Straßennamen und konnte auch die alte Kirche beschreiben, die bereits 600 Jahre alt war. Außerdem nannte er Namen von alteingesessenen Familien, die schon seit Generationen in Schönkirchen lebten. Ohne Zweifel, er wusste viel über meinen Heimatort. Aufgeregt setzte er sich zu mir und schob mir seine Visitenkarte über den Tisch, darauf stand:

Gerhard Schuster
Caravan sales and consultation
San Antonio Avenue 237
El Paso, Tx 79901 - 2421
Phone: 001 915 778 562

Er saß jetzt direkt neben mir und seine Nähe wurde mir langsam unangenehm, es war fast schon bedrohlich. Sein etwas strenger Geruch setzte sich zusammen aus amerikanischem Tennessee Whisky und billigem Rasierwasser. »Wir müssen unbedingt miteinander sprechen und uns über Geld unterhalten«, flüsterte er mir mit entschlossenem Blick und geheimnisvoller Stimme zu.

Als wir uns wenig später auf den Heimweg machten, rief mir Gerhard Schuster nochmals zu, dass ich mich unbedingt bei ihm melden sollte. Zu diesem Zeitpunkt glaubte ich nicht, dass ich diesen sonderbaren Herren noch einmal wiedersehen wollte.

Ich denke, dass mich die Neugierde dazu bewogen hat, zwei Tage später doch telefonisch Kontakt aufzunehmen. Ich fuhr am Nachmittag mit dem Militärbus in die Stadt zur PiEx. Die PiEx war ein Einkaufszentrum in El Paso, zu dem nur Soldaten Zutritt hatten. Hier konnten sich Armeeangehörige sämtliche Waren verbilligt beschaffen. Am Weg nach El Paso, der über eine Art Landstraße führte, ragten links und rechts in regelmäßigen Abständen zwei Rohre aus der Wüstenlandschaft. Ein alteingesessener Kamerad hatte mir mal erklärt, dass dies Versorgungsrohre seien. Man könnte in die Stadt gehen und sich dort ein Haus kaufen oder auch leasen. Dieses Haus würde dann auf einen Truck verladen und auf einem Grundstück in der Wüste abgeladen. Und durch diese beiden Rohre, die dort aus dem Wüstenboden ragten, würde das Haus mit Wasser versorgt. Wer wollte, könnte sich noch einen Kamin mauern lassen. Dann besäße man gewissermaßen die Luxusausführung eines Hauses in Texas.

Vor der PiEx stieg ich aus dem klimatisierten Bus, stand in der prallen Sonne und schaute mich nach einem Taxi um. Schnell wurde ich fündig und setzte mich nach vorne zum Fahrer, der das sehr überrascht aufnahm. Ich reichte ihm die Visitenkarte von Gerhard Schuster und fragte: »Could you drive me to this place, Sir?«

Er schaute kurz auf die Karte und sagte: »Yes, of course, Sir.«

Dann begann die Fahrt. Wir fuhren eine ganze Weile und ich schaute mir die Gegend an. Die Wüstenstadt El Paso ist mit keiner deutschen Stadt zu vergleichen. Es gibt nur wenige Hochhäuser, man hatte Platz und baute weiträumig. Die Straßen sind breit angelegt und haben meistens keinen Fußweg. An jeder Ecke steht irgendein Fastfoodrestaurant, allesamt können sich nicht über mangelnde Kundschaft beschweren. Ich schaute mich interessiert um, bis wir in die East Main Street einbogen. Nach wenigen Kilometern bogen wir rechts in die North Kansas Street und fuhren weiter geradeaus. Schließlich las ich auf einem Straßenschild den Namen »San Antonio Avenue« und der Taxifahrer hielt nach dreißigminütiger Fahrt vor der Nummer 237 an. Ich zahlte, stieg aus und schaute mich misstrauisch um. Zögernd betrat ich das Gelände, das von einem wackligen Drahtzaun umgeben war. Überall auf dem Platz standen Wohnwagen, Wohnmobile und Anhänger, die schon bessere Tage gesehen hatten. Die rechte Seite des Platzes war Müll wie alten Ölkanistern und Blechtonnen und ausgeschlachteten Fahrzeugen vorbehalten. Ein mäßiger Wind ging über das Land und wirbelte Sand auf. Dann sah ich Gerhard Schuster, er trat gerade aus einem Wohncontainer heraus. Er winkte mich zu sich hinüber und wir gingen gemeinsam in den Container, der offensichtlich als Büro diente. Auf seinem unaufgeräumten Schreibtisch stand eine Flasche Whisky und der Aschenbecher daneben drohte bald vor lauter Kippen überzulaufen. Er bot mir einen Platz und einen Kaffee an und ich fragte mich im Stillen, was ich hier eigentlich tat.

Dann fing er an über seine Zeit in Kiel zu erzählen.

Kapitel 19

Das Jahr 1945

E s war Dienstag, der 23.04.1945, gegen neun Uhr abends, als die Junkers Ju 52-/-3 M- vom Hamburger Flughafen in Richtung Portugal abhob. Das Flugzeug war ein dreimotoriges Passagierflugzeug, dessen Rumpf aus Wellblech bestand und achtzehn Passagieren Platz bot. Eigentlich war die Reichweite der 290 km/h schnellen Maschine auf 1500 Kilometer beschränkt. Ein Umbau hatte jedoch eine Reichweite von 2800 Kilometern rausgeholt, damit auch weiter entfernte Ziele ohne Zwischenstopp erreicht werden konnten. Neben einigen mittleren Nazigrößen saß auch der junge SS-Schütze Gerhard Schuster in dem Flugzeug. Vielleicht wäre es für ihn nicht nötig gewesen, außer Landes zu fliehen, aber das konnte man zu diesem Zeitpunkt nicht genau wissen. Die Reise schien nicht ganz ungefährlich, da sie über mittlerweile feindliches Gebiet verlief. Nach dem Start nahm der Pilot Kurs auf Südwesten und man überflog Paris. Bei einer Reisehöhe von 5500 Metern und einer Geschwindigkeit von 180 km/h flog der Kapitän danach Richtung Westen, dem Atlantik entgegen. Über den Atlantik zeigte der Kompass jetzt in Richtung Süden, mit Kurs direkt auf Lissabon. Der Flugzeugführer hatte sich für diese etwas weitere Route über das Meer entschieden, weil sie ungefährlicher war. Über Land hätte es jederzeit passieren können, dass sie von einem feindlichen Jagdflugzeug entdeckt worden wären, was den sicheren Abschuss bedeutet hätte. Am nächsten Morgen gegen sieben Uhr Ortszeit bereiteten sich die beiden Piloten und der Navigator auf den Landeanflug auf Lissabon vor. Die Sicht war klar, der Wind war mäßig und mit Niederschlag musste nicht gerechnet werden. Kurze Zeit darauf setzte die Junkers Ju 52 auf der Landebahn in Portugals Hauptstadt auf. Die achtzehn Passagiere und der Flugkapitän mit seinen beiden Mitarbeitern stiegen über die kleine Treppe aus dem Flugzeug. Geschlossen gingen die einundzwanzig Deutschen in Richtung Tower, in dessen Nähe sich die Empfangshalle befand. Dort wurden sie von einem deutschen Landsmann empfangen, der in Begleitung einer attraktiven Portugiesin auf sie wartete. Er begrüßte sie kurz und informierte sie über die weitere Vorgehensweise. Zwei Tage später befand sich Gerhard Schuster mit acht Landsleuten auf einem portugiesischen Handelsschiff, das regelmäßig die Route Lissabon – Rio de Janeiro fuhr. In Rio de Janeiro wurden sie von einer deutschen Gemeinschaft in Empfang genommen. Zunächst hielt sich Gerhard Schuster mit Handlangerarbeiten, die im Interesse der deutschen Gemeinschaft standen, finanziell über Wasser. In den 60er-Jahren versuchte er dann sein Glück als Autoverkäufer in Sao Bernardo do Campo. In dieser brasilianischen Stadt wurde seit einigen Jahren der VW Käfer produziert. Im Jahre 1964 zog es Schuster nach Mexiko. In der Stadt Puebla wurde eine neue Produktionsstätte für den Käfer eröffnet. Sein Engagement als Autoverkäufer war aber auch bei den Mexikanern nicht von Erfolg gezeichnet. Die Einheimischen, die den VW Käfer liebevoll »Vochito« nannten, kauften ihn dann doch lieber bei mexikanischen Autohändlern. In den 70er-Jahren zog es den Autoverkäufer über die Großstadt Ciudad Juárez in die texanische Metropole El Paso. Hier lebte er fortan und verkaufte – ebenfalls mit nur mäßigem Erfolg – Wohnwagen und Wohnmobile, die allesamt schon ins Alter gekommen waren. Ständig auf der Jagd nach dem schnellen Dollar baute er gute Kontakte zu ominösen Kreisen auf, die ihren Handel zwischen Mexiko und El Paso trieben.

Kapitel 20

Das Jahr 1995

Gerhard Schuster und ich saßen jetzt schon seit zwei Stunden in diesem muffigen Bürocontainer und noch immer hörte ich ihm gespannt zu. Er hatte mir jetzt alles ausführlich erzählt. Wie er den Fliegerangriff überlebte, später über Portugal nach Brasilien und schließlich nach Texas umsiedelte. Er hatte von den Machenschaften seines Onkels, Hauptsturmführer Schuster und dessen Komplizen Alfred Berger berichtet, wie sie bei den Bauern und Industriebetrieben abkassierten. Er hatte geschildert, wie sein Onkel Goldbarren unterschlug und in Kisten verstaute. Ringe und Edelsteine, die er den Landwirten über Jahre hinweg abgenommen hatte, füllten eine ganze Kiste.

Gerhard Schuster saß krumm an seinem Schreibtisch, hielt in einer Hand eine brennende Zigarette und in der anderen Hand ein halbvolles Whiskyglas, während er sich den Kopf zermarterte. Er schaute mich an und fragte: »Wo hat mein Onkel wohl diese Kisten versteckt?«

Das war tatsächlich eine gute Frage. Eine weitere Frage, die sich uns stellte, war, ob diese Kisten im Laufe der Jahre schon von irgendjemandem gefunden worden waren. Und vielleicht hatte Hauptsturmführer Schuster auch Mitwisser gehabt, die längst das Gold zu Geld gemacht hatten. Diese ganzen ungeklärten Fragen standen im Raum und wir wollten eine Antwort. Gerhard Schuster und ich planten deshalb, uns in Deutschland zu treffen und die Orte, an denen sich Hauptsturmführer Schuster und Alfred Berger in den letzten Kriegstagen aufgehalten hatten, abzusuchen.

Es war mittlerweile achtzehn Uhr geworden und ich wollte mich auf den Weg in Richtung PiEx machen, um den nächsten Bus ins Camp zu bekommen. Kurz entschlossen bot mir Gerhard an, mich zu fahren. Hinter dem Container stand sein

Auto. Es war ein 71er Pontiac Firebird Tans-Am, der sich in einem erbärmlichen Zustand befand. Ich kannte dieses Fahrzeug gut aus der amerikanischen Serie »Detektiv Rockford – Anruf genügt«, wo es allerdings einen besseren Eindruck auf mich gemacht hatte. Mein ganzer Körper vibrierte, als er den 7,5-Liter-Motor startete und sich das Fahrzeug in Bewegung setzte. Eine leere Whiskyflasche lag im verschmutzten Fußraum und rollte zwischen meinen Füßen hin und her.

Als der Kompaniefeldwebel uns vor einiger Zeit belehrt hatte, dass einige Fahrzeuge in Texas nicht einmal eine funktionierende Bremse hätten, musste er von diesem Wagen gesprochen haben. Die Geschwindigkeit des über 300 PS-starken Autos bremste Gerhard Schuster mit der abgenutzten Fuß- und Handbremse zugleich ab. Nach fast einer Stunde und zweimaligem Verfahren hielten wir auf dem Parkplatz vor der PiEx an. Ich war froh und beeindruckt, als ich wieder in dem gut klimatisierten Bus der Bundeswehr saß, der mich ins Camp Dona Ana bringen sollte. Was für ein unglaublicher Zufall, dachte ich. Du kommst nach Texas, um an einer militärischen Übung teilzunehmen. Du fährst mit deinen Kameraden in eines der unzähligen Fastfoodrestaurants der Stadt und wirst von einem ehemaligen SS-Mann angesprochen, der nach Amerika geflohen ist. Und der kommt aus deinem kleinen Örtchen und ist der Überlebende eines Tieffliegerangriffs. An den Worten von Gerhard Schuster gab es für mich keinerlei Zweifel. Er kannte sich zu gut aus, um das alles erfunden zu haben. Aber die Geschichte mit den Goldbarren und dem Schmuck schien mir doch etwas abenteuerlich zu sein. Es war nicht zu übersehen, dass er ein Alkoholproblem hatte und vielleicht das Fantasieren anfing, wenn er genügend »maltet Milk« intus hatte. Andererseits stellte sich mir die Frage, weshalb er das alles hätte erfinden sollen. Auch dass sein einflussreicher Onkel und dessen Weggefährte nicht mittellos außer Landes fliehen würden, erschien plausibel.

Die restlichen Tage der insgesamt sechswöchigen Übung »Roving Sands '95« vergingen schnell und ich trat meine Heimreise an. Einen Tag zuvor traf ich noch einmal Gerhard Schuster auf dem Parkplatz vor der PiEx. Wir gingen in eine Snackbar und bestellten Kaffee. Schuster zog aus der linken Jackentasche einen silbernen Flachmann heraus, goss sich daraus etwas Whisky in die Kaffeetasse und ließ den Flachmann wieder elegant verschwinden. Wir unterhielten uns noch eine ganze Weile, bis ich ihm dann sagte, dass ich das Treffen in Deutschland organisieren würde. Zu diesem Zeitpunkt glaubte ich, dass mich dieses Treffen weder etwas kosten würde noch dass ich irgendetwas zu verlieren hätte. Ein fataler Irrtum, wie sich später herausstellen sollte.

Kapitel 21

Das Jahr 1996

E s war Montag, der 5. Februar 1996, an dem ich meinen dreiwöchigen Jahresurlaub antrat. Mein Chef nahm meinen Urlaubsantrag freudig entgegen, denn der Februar ist in der Gastronomie nach den ganzen Weihnachtsfeiern generell ein ertragsschwacher Monat.

Zuvor hatte ich Gerhard Schuster geschrieben, ihn mehrmals angerufen und ihm das Flugticket nach Deutschland bezahlt. Letzteres machte ich nur sehr zögerlich, weil ich mir nicht sicher war, diesen Betrag jemals wiederzusehen. Für mich stand aber längst nicht mehr das Geld im Mittelpunkt des Geschehens, die Spannung und Neugierde waren viel wichtiger. So stand ich am darauffolgenden Mittwoch morgens am Flughafen in Frankfurt am Main und schaute auf die große Tafel mit der Aufschrift »Arrivals«. Die Maschine der Lufthansa aus El Paso befand sich bereits im Landeanflug, wie ich der Infotafel entnehmen konnte. Es dauerte dann auch nicht mehr lange, bis ich Gerhard Schuster in der Menge der ankommenden Passagiere identifizierte. Eine Whiskyfahne traf mich genau ins Gesicht, als er mich freudig begrüßte. Bei Intercontinentalflügen gab es alkoholische Getränke kostenlos. Diesen Service hatte er offenbar voll ausgenutzt, ohne dabei jedoch betrunken zu wirken. Wir luden seine vollgepackte Sporttasche in den Kofferraum meines Golfs und machten uns auf den Weg nach Kiel.

Es waren gut 600 Kilometer zu fahren, aber über die A7 schaffte ich es in weniger als sechs Stunden bis in den hohen Norden. Am späten Nachmittag passierten wir dann das Schild mit der Aufschrift »Kiel – Landeshauptstadt«. Schuster war immer sehr gesprächig, aber jetzt, beim Anblick seiner alten Heimat, hörte ich kein Wort mehr von ihm. Er saß stumm neben mir und schaute aus dem Fenster. Auf direktem Wege fuhr ich zum Hotel Garni Krug, wo ich für ihn ein Zimmer angemietet und auch gleich bezahlt hatte. Ich selbst machte mich auf dem Weg zum Haus meiner Eltern.

Am nächsten Morgen holte ich Schuster wie besprochen wieder ab. Er saß am Frühstückstisch und hatte weder von den Brötchen noch von der Wurst etwas angerührt. Ein Kaffee mit einem Schuss Whisky und eine Zigarette reichten ihm als Morgenstart. Dann ging unsere Fahrt los und die zehn Kilometer von der Innenstadt bis nach Gut Oppendorf waren schnell gemacht. Zuerst wollte ich ihm den Oldtimer zeigen, aus dem er damals herausgesprungen war, um den Tieffliegerangriff zu überleben. Der Weg, auf dem die drei damals gefahren waren, war längst für den öffentlichen Verkehr gesperrt worden. Lediglich Landwirte durften ihn mit ihren Traktoren benutzen. Nach kurzem Fußmarsch durch die eisige Kälte erreichten wir die Stelle, an der der alte Opel Kapitän lag. Rost hatte über die Jahre weiter an dem alten Automobil genagt und die Pflanzen wucherten ihn nun gänzlich zu. Nur ein kleines Stück vom Dach und die Kofferraumklappe konnte man noch sehen. Als wir wenig später wieder in meinem beheizten VW Golf saßen, nahm ich die Fahrt in Schrittgeschwindigkeit wieder auf. Wir fuhren zweimal durch das Dorf, dann vorbei an Bauer Heinrichs Hof, wo wir wieder umdrehten. Von dort aus hatten wir über die kahlen Felder einen hervorragenden Blick auf den großen Gutshof. Ich setzte die langsame Fahrt fort und wir passierten das alte Wasserwerk, das im Laufe der Jahre zu einem Wohnhaus umgebaut worden war. Kurze Zeit darauf bog ich links in die Siedlung Eigenheim ein. Plötzlich rief Schuster: »Stopp!«

Ich trat auf die Bremse und Schuster zeigte mir das Haus, in dem er und seine Mutter damals gelebt hatten. Das liebevoll renovierte Gebäude mit dem schön angelegten Vorgarten zeigte sich sehr gepflegt. Nachdem Gerhard das Haus einige Zeit schweigend betrachtete und alte Erinnerungen aufleben lassen hatte, fuhren wir weiter. Nach fast zwei Kilometern endete die

Straße und ich drehte um und fuhr den Weg im Schritttempo wieder zurück. Völlig unerwartet schrie Schuster hier erneut: »Halt!«

Ich trat wieder auf die Bremse. Er zeigte mit dem Finger auf ein Haus. »Hier lebte damals Alfred Berger«, sagte er.

Ich schaute ihn erstaunt an und überlegte kurz. Alles ergab jetzt einen Sinn, als er auf das Haus zeigte, in das vor einigen Jahren die Familie meines Freundes Thorsten gezogen war.

Kapitel 22

Das Jahr 1982

Die Mutter, der Vater, Thorsten und ich standen im Keller des entkernten und entrümpelten Hauses. Thorstens Vater hielt in einer Hand die alten Baupläne des Anwesens, die aus dem Jahre 1939 stammten. In der anderen Hand hielt er einen schweren Hammer. Dann gab er die Baupläne seiner Frau und wir traten alle einige Schritte zurück. Thorstens Vater holte mit dem schweren Hammer aus und schlug mit aller Kraft gegen die Steinwand. Nachdem er drei kräftige Schläge durchgeführt hatte, legte er den Hammer kurz ab, richtete seine Schutzbrille und holte dann erneut zum Schlag aus. Die ganze Wucht des Hammers schlug gegen die Wand und einige Steine brachen schließlich heraus. Wieder schallte der Schlag des Hammers durch das ganze Haus und weitere Steine lösten sich aus der Wand. Diesmal fielen sie in einen Raum hinter der Mauer. Nach kurzer Zeit brach ein ganzes Stück der Mauer zusammen und Thorstens Vater sah das, was er zuvor nur auf den Bauplänen gesehen hatte.

Hinter der Mauer befand sich ein Raum. Mit einer Taschenlampe betraten wir ihn vorsichtig. Er war fensterlos und es roch eigenartig. Wir schauten uns ausgiebig um und brachen weitere Steine aus dem Mauerwerk, sodass jetzt Licht vom Flur in die Dunkelheit drang. Sogleich griff sich Thorstens Mutter einen Zollstock und nahm Maß. Der Raum war fünf Meter breit und sechs Meter lang, was einer Quadratmeterzahl von dreißig entsprach. Die Familie wurde sich sehr schnell einig, was mit dem Zimmer passieren sollte. Die Tischtennisplatte sollte hier ihren neuen Platz finden, wie man einstimmig beschloss. Alle freuten sich noch Tage später über diese Entdeckung, aber niemand stellte sich jemals die Frage, weshalb jemand das Zimmer zugemauert hatte.

Wie kommt jemand auf die Idee, eine Abstellmöglichkeit zuzumauern? Selbst wenn man diesen Abstellraum nicht benötigte, hätte man ihn einfach leer lassen können.

Kapitel 23

Das Jahr 1996

Wir standen also mit meinem VW Golf vor dem Haus meines alten Freundes, in dem vormals Alfred Berger gewohnt hatte. Jetzt erinnerte ich mich auch wieder an die alte Dame, die damals das Haus an Thorstens Eltern verkauft hatte, um in ein Altersheim umzuziehen. Sie war vermutlich die Witwe von Alfred Berger gewesen, die nach dem Krieg das Haus bewohnte und es mittellos, wie sie war, verkommen lassen musste.

Ich erzählte Gerhard Schuster von dem zugemauerten Raum im Keller, der 1982 von den neuen Hausbesitzern entdeckt worden war. Aber dort hatten keine Kisten gestanden, die mit Goldbarren gefüllt waren. Es hatte sich nur um einen muffigen Abstellraum gehandelt, vollkommen leer.

»Nein, nein«, sagte Schuster mit genervter Stimme und tippte dabei mit seinem Finger auf sein Bein. »Die haben die Kisten an diesem Platz hinter dieser Mauer vergraben.«

Hauptsturmführer Schuster und Alfred Berger konnten auf ihre Flucht nur eine begrenzte Menge Gepäck mitnehmen. Zwei schwere Kisten mit Goldbarren und Edelsteinen hätten sie nicht einfach mit ins Flugzeug nehmen können, zumal die Wertgegenstände unterschlagen worden waren. Ihr Plan war es gewesen, nur einen kleinen Teil bei sich zu führen, um erst mal über die Runden zu kommen. Später, wenn sie sich in Sicherheit wogen, wollten sie den vergrabenen Löwenanteil holen.

Wir standen noch eine ganze Weile vor dem Haus, bis ich weiterfuhr. Kurzerhand entschloss ich mich, Thorstens Familie am Abend einen Höflichkeitsbesuch abzustatten. Ich fuhr vor das Haus, öffnete das Eingangstor und ging auf die Rückseite des Anwesens, wo sich der Hauseingang befand. Beim Klingeln fiel mir auf, dass dort ein unbekannter Familienname stand. An der Eingangstür prangte ein Schild aus Holz mit der Aufschrift:

Hier wohnen Melanie, Karsten, Kevin und Sophia Schütz. Der Name Schütz stand auch auf dem Briefkasten, an dem außerdem ein kleiner weißer Zettel klebte, auf dem stand:

Liebe Zeitungsfrau!
Wir sind bis zum 22. Februar im Urlaub und brauchen die
Kieler Nachrichten nicht.

Da hätten sie genauso gut eine Annonce in die Zeitung setzen können, dass in diesem Zeitraum jeder bei ihnen ungestört einbrechen kann, dachte ich und sah mir das Türschloss näher an. Unverrichteter Dinge, aber doch zufrieden, ging ich schließlich wieder zu meinem Auto. Offensichtlich hatten Thorstens Eltern das Haus verkauft, was mich auch nicht weiter überraschte. Sie besaßen ein stattliches Segelschiff namens Seewolf II, auf dem sie damals schon jede freie Minute verbracht hatten. Ich hatte das über zwanzig Meter lange und hochseetüchtige Schiff einmal in der Kieler Förde bestaunt. Ihr Traum war es immer gewesen, mit der Yacht von Skandinavien bis runter nach Cadiz zu segeln, um dort ihren Lebensabend zu verbringen.

Am Abend saß ich mit Gerhard Schuster in der Pizzeria Il Camino an einem abgelegenen Tisch. Bei schummrigem Licht und italienischer Musik planten wir unser weiteres Vorgehen. Vor mir auf dem Tisch lag ein Schreibblock, auf dem ich alles Relevante notierte. Gerhard rauchte eine Zigarette nach der anderen und stellte fest, dass ihm der schottische Whisky auch nicht schlechter schmeckte als der amerikanische.

Wir mussten in das Haus rein, aber wie? Die größte Sorge machte mir die Eingangstür. Sie bestand aus Metall und war mit einem Zylinderschloss versehen, das sich garantiert nicht so einfach öffnen ließ. Ich hatte den Entschluss getroffen, über den Kellerschacht in das Haus einzusteigen. Lediglich das Einschlagen der Scheibe würde etwas Lärm verursachen.

Gerhard saß mir gegenüber, zog an seiner Zigarette und sagte geheimnisvoll: »Das machen wir anders, ganz anders.«

»Ach ja, und wie?«, hakte ich nach.

»Lass dich überraschen«, sagte er und nahm den letzten Schluck aus seinem Whiskyglas.

Am nächsten Morgen trafen wir uns pünktlich um sieben Uhr und fuhren zu einer Autovermietung. Kurze Zeit später setzten wir unsere Fahrt in einem blauen VW Bus fort, den wir dort angemietet hatten. Unser Weg führte uns zum nächstgelegenen Baumarkt. Mit Schaufel, Spaten, Spitzhacke, Werkzeugkoffer und zwei blauen Arbeitsanzügen im Gepäck verließen wir den Markt wieder. In einer Drogerie kaufte ich noch dünne Latexhandschuhe, eine Lesebrille, schwarzes Klebeband und eine Haartönung. Unsere letzte Station führte uns zu einem Outdoor Shop, der sich in Schönkirchen befand. Ich hatte den Laden als Jugendlicher oft besucht und wusste, dass es neben sämtlichem Camperbedarf auch Metallsuchgeräte zu kaufen gab. Nachdem uns der Verkäufer das Gerät genau erklärt und wir es gekauft hatten, hatten wir alles besorgt, was wir für unsere Unternehmung brauchten. Am Abend traf ich die letzten Vorbereitungen für den morgigen Tag. Ich tönte mir zunächst die Haare schwarz und probierte die Brille auf, um zu vermeiden, dass mich irgendjemand auf Anhieb erkannte. Schließlich befand sich mein Elternhaus nur einen Kilometer entfernt und vielleicht würde ich hier jemandem über den Weg laufen, der mich kannte. Dann nahm ich das schwarze Klebeband, schnitt vier schmale Streifen ab und manipulierte das Nummernschild des geliehenen VW Busses. Aus dem Kennzeichen »KI-FI-69« machte ich »KI-EL-69«. Diesen Trick hatte ich einmal in einer Fernsehdokumentation gesehen. Ein Privatdetektiv fälschte auf diese einfache, aber effektive Art und Weise sein Autokennzeichen. Tatsächlich, aus einigen Metern Entfernung sah man den Schwindel nicht, wie ich zu meiner Freude feststellte.

Nervös fuhren wir am nächsten Morgen zu dem Haus, in dessen Keller wir die vergrabenen Kisten vermuteten. Das Eingangstor quietschte, als ich es öffnete. Kurz darauf fuhr ich mit dem Kleintransporter auf den Hinterhof. Hohe Tannen, alte Obstbäume, eine hohe Hecke und ein Gartenhaus schützten uns vor neugierigen Blicken. Wir standen in unseren blauen Arbeitsanzügen vor der verschlossenen Haustür und zogen die dünnen Latexhandschuhe über. Dann zauberte Gerhard Schuster ein schwarzes Lederetui aus seiner Brusttasche. Er öffnete es und ich sah Geräte, die ich niemals zuvor zu Gesicht bekommen hatte. Stolz erklärt er mir die kleinen Werkzeuge, die in der Tasche mit einem Gummizug fixiert waren: »Das ist ein Spanner, das ein Hook, eine Schlange, hier ein Extraktor und das ist ein Tropfendiamant.« Sein Deutsch war mittlerweile fast akzentfrei. Er schob eines der schlüsselartigen Werkzeuge in den Zylinder des Schlosses, drehte etwas und zog es wieder heraus. Dann nahm er das zweite Werkzeug und verfuhr ähnlich. Doch erst als er das Arbeitsgerät mit dem Namen Hook einsetzte, sprang die Tür plötzlich auf. Ich stand tatenlos daneben und zeigte mich überrascht.

Leise traten wir in den Flur, schalteten das Licht an und gingen die steinerne Kellertreppe hinunter. Irgendwann in den letzten Jahren war der Keller komplett mit hellen Terrakottafliesen ausgelegt worden. An den weißen Wänden hingen große Fotografien von antiken Automobilen. Wir betraten die Waschküche, den Hobbyraum und schließlich den fensterlosen Abstellraum. »Ja«, sagte ich zu Gerhard, »dies ist der Raum, der zugemauert gewesen war.«

Zügig gingen wir zu unserm VW Bus, holten Spaten, Hacke, Schaufel und die Metallsonde. Wieder im Kellerraum schalteten wir den Metallsucher ein und erkundeten mit der an einem Gestell befestigten Sensorplatte den Boden. Sogleich gab das Gerät einen hohen Pfeifton von sich, unter uns befand sich also Metall. Der Zeiger am oberen Ende des Stativs schlug bis zum Anschlag an. Das bedeutete, dass es sich um eine große Menge Metall handeln musste. Die Fliesen zersprangen in viele Teile, als ich mit der Spitzhacke meinen ersten Schlag tat. Unter ihnen befand sich ein harter Zementboden, der sich nur mit größter Anstrengung aufschlagen ließ. Abwechselnd griff ich zur Spitzhacke und zur Schaufel und arbeitete mich langsam tiefer. Gerhard zerschlug den harten Zement mit dem Spaten und schmiss den Schotter gleich beiseite. Wir hatten schon ein ansehnliches Loch von zwei Quadratmetern Umfang und einem Meter Tiefe gegraben, aber nichts gefunden. Doch ich grub weiter. Erst mit der Spitzhacke, dann mit der Schaufel, bis ich plötzlich mit meiner Hacke auf etwas Metallenes traf. Ich kratze die Oberfläche frei und erkannte schnell, dass es sich um eine Metallkiste handelte.

Gerhard und ich gruben jetzt noch schneller und befreiten hektisch den Deckel von Erde. Doch der Verschluss ließ sich keinen Zentimeter bewegen. Wir befreiten die Kiste weiter von Erde. Mit einem Schraubenzieher und einem Messer fuhr Gerhard am Rand des Deckels entlang und löste die Gummiversiegelung. Dann versuchten wir es erneut und zogen gemeinsam mit aller Kraft den Deckel nach oben. Mit einem Knarren öffnete sich die Truhe schließlich. Neugierig griffen wir in die Lade. Und dann hielten wir das in den Händen, was zu erwarten gewesen war. Fassungslos bestaunten wir den Schmuck. Jedes einzelne Stück, ob Halskette, Armband, Ring oder Brosche, war in Zeitungspapier eingewickelt. Wir legten die vielen Teile in eine Plastikwanne, die in der Waschküche stand und schafften alles in den VW Bus. Am Boden der Kiste entdeckten wir schließlich die Goldbarren, die Gerhard beschrieben hatte.

Ein unglaubliches Gefühl durchfuhr mich, als ich einen dieser schweren Barren anhob und ihn in meinen Händen hielt. Er war so schwer, dass es mir Mühe machte, ihn festzuhalten. Auf der Vorderseite eines jeden Barrens war der Reichsadler mit Hakenkreuz eingeprägt. Auf der Rückseite stand das Gewicht von 12,44 Kilogramm, das ist auch heute noch das

Standardgewicht für Goldbarren. Außerdem war auf jedem Barren die Nummer 77 eingestanzt, deren Bedeutung mir zunächst nicht klar war. Erst sehr viel später sollte ich erfahren, was es damit auf sich hatte.

Mühevoll schleppten wir jeden der zwölf Goldbarren zu unserem Bus. Dann bereitete ich langsam unseren Rückzug vor, während Gerhard erneut mit der Metallsonde den Boden absuchte. Gleich neben der ersten Kiste befand sich eine weitere Truhe. Wir schaufelten auch diese in mühevoller Arbeit frei, öffneten sie auf gleiche Weise und fanden wieder Schmuckstücke in Zeitungspapier. Nachdem wir auch diese in den Bus geschafft hatten, stießen wir auf andere Wertgegenstände. Eingeschweißte Münz- und Briefmarkensammlungen lagen aufgereiht am Boden der zweiten Truhe. Außerdem fanden wir mehrere kleine Schmuckschächtelchen mit der Aufschrift »Cartier Paris«. Beim Öffnen blitzten uns Ohrringe, Halsketten und Ringe entgegen, die mit Steinen besetzt waren. Auf einer anderen blauen Schachtel stand in goldener Schrift »Farbergé«. Beim Aufklappen des Kästchens stockte uns der Atem. Ein aufwändig gearbeitetes Ei aus Gold und Edelsteinen funkelte uns entgegen. Selbst ein Laie konnte erkennen, dass es sich hier um ein Kunstwerk des Goldschmiedehandwerks handelte.

Draußen wurde es bereits dunkel, als wir die Haustür leise zuzogen und den Ort des Geschehens verließen.

Wenig später parkte ich den Wagen in der Garage meines Elternhauses. Erschöpft von der harten Arbeit betrachteten wir den Lohn unserer Plackerei. Am Abend besuchten wir wieder das Il Camino und feierten nach einem guten Essen unseren Erfolg. Am nächsten Morgen saßen wir mit schweren Köpfen wieder im VW Transporter und planten unsere weitere Vorgehensweise. Wir entschieden, dass alles von Hamburg in Containern auf dem Seeweg nach Amerika verschifft werden sollte. Dort sollten das Gold und der Schmuck von Gerhard Schuster in

Empfang genommen und über seine guten Kontakte zu Dollars gemacht werden. Der Plan erschien weitestgehend gut, bis mir etwas Besseres einfiel. Als ich in den USA gewesen war, hatten wir an einem Tag die amerikanische Kaserne Fort Bliss in El Paso besucht. In dieser Kaserne, wo Soldaten in der Flugabwehr geschult werden, sind auch stets mehrere hundert deutsche Soldaten für jeweils einige Jahre stationiert. Bei dem Besuch in Fort Bliss war mir ein Möbeltransporter aufgefallen, der aus Hamburg stammte. Wahrscheinlich hatte sich diese Möbelspedition auf die Umzüge von deutschen Soldaten spezialisiert, die im Ausland ihren Dienst machen sollten. Ich fing gleich an, die Gelben Seiten durchzublättern und wurde schnell fündig. Eine Spedition warb damit, Umzüge ins Ausland für Bundeswehrangehörige zuverlässig zu erledigen. Nach einem kurzen Anruf befanden wir uns auf der Autobahn Richtung Hamburg.

Bei der Umzugsfirma wurden wir von einer jungen Mitarbeiterin nett begrüßt. Kurz erklärte ich ihr, dass wir etwa zehn Holzkisten mit Umzugsgut nach El Paso zu verschicken hätten. Sie schaute in ihren Terminkalender und gab uns die Möglichkeit, in drei Tagen unser Gut aufgeben zu können. Nachdem ich den Auftrag unterzeichnet und bezahlt hatte, verließen wir das Büro der attraktiven Speditionskauffrau wieder. Gerne hätte ich mich noch ein wenig mit ihr unterhalten, aber für sie war das nur ein Kleinauftrag, den sie routinemäßig abarbeitete und für mich nicht der richtige Zeitpunkt.

Ich war erstaunt, wie schnell die Verschiffungspapiere in die USA ausgefüllt worden waren und wir uns wieder auf der Autobahn Richtung Kiel befanden. Zurück in Oppendorf stiegen wir in den VW Bus und fuhren noch einmal zum Baumarkt. Gerhard blieb im Fahrzeug und ich marschierte in die Holzabteilung des Geschäfts. Dort kaufte ich zwölf Holzkisten, die ich schon bei unserem ersten Besuch ins Auge gefasst hatte. Dann ließ ich mir aus dem gleichen Fichtenholz zwölf Bretter zuschneiden, die zu den Maßen der Kisten passten. Danach sägte mir der

Tischler des Baumarktes noch 48 kleine Holzpflöcke zurecht. Und auf dem Weg zur Kasse nahm ich zwei Rollen doppelseitiges Klebeband und reichlich Nägel mit. Dreimal lief ich die Strecke zwischen Kasse und VW Bus hin und her, bis ich alle gekauften Artikel rausgeschafft hatte. Gerhard war währenddessen damit beschäftigt, die Holzkisten im Transporter zu stapeln. Dann fuhren wir zurück nach Oppendorf.

Am Abend saßen wir in der Garage meines Elternhauses, machten einen Gasheizstrahler gegen die Kälte an und tranken Glühwein. Ich nahm die erste Holzkiste vom Stapel und nagelte in jeder der vier Ecken einen Holzpflock fest. Dann klebte ich mit doppelseitigem Klebeband den Goldbarren genau in die Mitte des Bodens der Kiste. Mit vier Nägeln fixierte Gerhard den Barren zusätzlich, damit ein Verrutschen ausgeschlossen war. Um den Goldbarren herum legten wir anschließend den in Zeitungspapier eingewickelten Schmuck, die Kästchen und die Brief- und Münzsammlungen. Zum Abschluss legten wir die zugeschnittenen Bretter passgenau auf die Holzpflöcke, sodass ein doppelter Boden entstand. Mit den andern elf Kisten verfuhren wir gleich. Gegen Mitternacht war unsere Arbeit getan. Am nächsten Morgen überprüften wir alles noch einmal, aber unser Schatz war perfekt verstaut. Nur eines stimmte mit den Kisten nicht: Jede wog gute 20 Kilogramm und das ohne jeden Inhalt.

Gemeinsam machten wir uns nun auf den Weg zum Seefischmarkt nach Wellingdorf, der nur wenige Kilometer entfernt lag. In Schrittgeschwindigkeit schlich der VW Bus am Kai entlang und ein penetranter Fischgeruch stieg uns in die Nasen. Entlang des Hafendamms standen alte Lagerhallen, die früher allesamt der Weiterverarbeitung des Fisches dienten. Jetzt gab es hier nur noch wenige Firmen, die sich mit der Fischerei beschäftigten, dafür Reparaturfirmen für Kraftfahrzeuge, Gebrauchtmöbelmärkte, An- und Verkaufsgeschäfte, einige Trödelläden sowie ein Fitnesscenter. Alle diese Unternehmen wirkten nicht besonders vertrauenerweckend. Außerdem fragte ich mich, wie man diesen Fischgestank aushalten konnte.

Wir stiegen aus dem VW Bus. Ein leichter Nebel lag über der morgendlichen Kieler Förde und in der eisigen Luft konnten wir unseren Atem sehen. Im Hintergrund ließ ein Schiff dreimal sein Horn ertönen. Nach zwei Stunden harter Preisverhandlungen mit verschiedenen Händlern für Trödelware hatten wir alles, was wir sonst noch brauchten.

Wieder in Oppendorf packten wir in jede einzelne Kiste ein Daunenkissen oder eine leichte Decke. Darauf stapelten wir Bilderrahmen, Spielzeug und leichte Haushaltsgegenstände. Danach waren die Holzkisten randvoll gefüllt und hatten ein glaubwürdiges Gewicht. Auf diese Weise bestanden sie zumindest die ersten prüfenden Blicke eines Zollbeamten. Aber der Zoll brauchte uns keine großen Sorgen zu machen. Die Speditionskauffrau hatte mir beiläufig erklärt, dass die Amerikaner für gewöhnlich ihre speziell ausgebildeten Hunde um die Kisten laufen ließen, um nach Drogen und Lebensmitteln zu suchen. Wenn die Hunde nicht ansprangen, beschäftigte man sich mit dem Umzugsgut von Soldaten nicht weiter, was mir logisch erschien. Soldaten besaßen für gewöhnlich keine Goldbarren oder andere Kostbarkeiten, die sie schmuggeln mussten.

Die Arbeit war getan und die Kisten waren einwandfrei verpackt. Dann befanden wir uns auf dem Weg in Richtung Hamburg. Bei der Möbelspedition nahmen gleich zwei Packer unsere Holzkisten in Empfang. »Mann, habt ihr da Gold drin?«, fragte einer, während er die Holzkiste vom VW Bus zu einem 40-Tonner-Lastwagen schleppte.

»Nein«, sagte ich erschrocken, »leider nicht. Da sind vor allem viele Bücher drinnen.«

Bevor wir uns verabschiedeten, belehrten uns die beiden Möbelpacker noch, dass Papier aufgrund seiner Dichte das schwerste Umzugsgut sei.

Am Abend wollten wir uns für unsere erfolgreiche Arbeit belohnen. Ich kaufte Gerhard Schuster einen Anzug bei C&A und zog selbst einen schwarzen Dreiteiler an. Dann besuchte ich als Gast meinen alten Lehrbetrieb. Das »Restaurant im Schloss Kiel« hatte sich über die Jahre kaum verändert. Gerhard und ich nahmen an einem Fenster Platz. Von dort aus hatten wir einen wunderschönen Blick auf die Kieler Förde. Gerhard trank einen Whisky auf Eis und ich einen Gin Tonic, dabei sahen wir der Stena Scandinavica beim Ablegen zu. Ich erzählte Gerhard, dass Prinz Heinrich, der Bruder des letzten Kaisers, hier im Kieler Schloss wohnte. Zu meiner Überraschung wusste er das und ergänzte sogar noch, dass Prinz Heinrich auch Mitglied des Kieler Yacht Clubs sei.

Zur Vorspeise bestellten wir ein Arrangement vom Seeteufel. Als Hauptgang wählten wir das Chateaubriant, das uns der Restaurantchef am Tisch tranchierte und mit einer frischen Sauce Béarnaise servierte. Dazu reichte man uns erlesenes Gemüse und verschiedene Kartoffelspezialitäten. Zum Abschluss ließ ich es mir nicht nehmen, mir die Crepes Suzette am Tisch flambieren zu lassen. Wir hatten einen netten Abend und genossen die hervorragende Küche des Hauses, bis wir gegen Mitternacht die Heimreise antraten.

Am nächsten Tag befanden wir uns gleich wieder auf der Autobahn A7, nun wieder in Richtung Frankfurt am Main. Ohne größere Staus erreichten wir die Stadt nach sieben Stunden Fahrzeit. Es verstrich noch ein weiterer Tag, bis Gerhard Schuster in sein Flugzeug nach El Paso stieg. Es war ein kurzer, aber intensiver Abschied. Wir hatten in den letzten Tagen viel zusammen erlebt und durchgestanden. Wenn er wieder in El Paso war, würde Gerhard seine Kontakte und Beziehungen aktivieren, um die Wertgegenstände zu Geld zu machen.

Ich hingegen fuhr ins Hotel, begab mich auf mein Zimmer und genoss den Rest meines Urlaubs. Am nächsten Tag kündigte ich mein Arbeitsverhältnis mit einer Frist von drei Monaten. Es war nicht so, dass mir der Arbeitsplatz nicht mehr gefiel, aber jetzt brach für mich eine neue Zeit an. Wir wussten nicht genau, was uns die Goldbarren, Ringe, Ketten, Münz- und Briefmarkensammlungen einbringen würden, aber unsere grobe Schätzung lag bei fünf Millionen US-Dollar. Alleine das mit Diamanten besetzte Gold-Ei, das aus der Goldschmiedewerkstatt des in Sankt Petersburg verstorbenen Peter Carl Fabergé stammte, sollte ein Vermögen wert sein. Fabergé hatte seinerzeit mehrere Kunstwerke für den letzten Zaren angefertigt, aber auch reiche Russen gaben bei ihm diese Gold-Eier in Auftrag.

Einige Tage nach meiner Kündigung ging ich zu einem Juwelier, der sich direkt in der Einkaufsstraße in Frankfurt befand. Als ich den Laden betrat, stand außer mir nur noch ein weiterer Kunde am Verkaufstresen, er wurde gerade von einem jungen Mitarbeiter in Sachen Rolexuhren beraten. Ein älterer, seriös wirkender Verkäufer kam auf mich zu und fragte, was er für mich tun könne.

»Ich habe da mal eine Frage«, sagte ich. »Was kostet ein Osterei von Fabergé?«

Der jüngere Mitarbeiter schaute augenblicklich zu mir herüber und konnte sich ein Lächeln nicht verkneifen, während der ältere Verkäufer keine Miene verzog. »Für ein Ei aus der Hand des Meisters Fabergé müssen Sie zwischen einer und zwanzig Millionen Mark aufbringen. Das hängt davon ab, von welchem Ei Sie genau sprechen«, antwortete er sachlich und vornehm. »Aber wenn Sie etwas Adäquates für Ihre Verlobte suchen, haben wir hier auch einige ganz schöne Stücke«, fuhr er fort und zeigte auf die Glasvitrine.

Ich bedankte mich und wollte gerade das Haus verlassen, als mir noch eine weitere Frage einfiel. »Könnten Sie mir vielleicht auch noch sagen, was ein Goldbarren wert ist?«

Der Verkäufer schaute mich für einige Sekunden schweigend an, ging dann in sein Büro und kam mit einem Fax zurück. »Also, für eine Feinunze, was in etwa 30 Gramm entspricht, würden Sie heute genau 402 Dollar bekommen.« Er nahm seinen Taschenrechner, tippte den Wechselkurs ein und sagte, dass dies umgerechnet etwa 600 Mark seien.

Ich bedankte mich erneut und verließ nun endgültig das Geschäft. Als ich die Tür hinter mir schloss, bemerkte ich, dass die drei noch eine ganze Weile hinter mir herschauten.

Gerne hätte ich dem versierten Mann noch weitere Fragen gestellt, was beispielsweise Schmuck aus dem Hause Cartier wert sei. Dafür erfuhr ich relativ schnell, wie diese Stücke in so hoher Zahl nach Deutschland gekommen waren. Ich ging in eine nahe gelegene Bibliothek und schaute mich bei den Geschichtsbüchern um. Eine Bibliothekarin konnte mir schnell weiterhelfen und empfahl mir ein Buch über das Dritte Reich. So begann ich zu lesen. Am 23. Juni 1940 befand sich Adolf Hitler, der Führer des Deutschen Volkes, in Paris und kokettierte als Sieger unter dem Eiffelturm. Mit ihm befand sich ein ganzer Tross an hohen Offizieren, Beamten und Besatzungssoldaten vor Ort. Bevor sie als Sieger zu ihren Frauen in den Heimaturlaub zurückkehrten, kauften sie bei Cartier Schmuck als Mitbringsel. Schon bald sollten die Beschenkten diese Accessoires gegen Lebensmittel tauschen, während ihre Männer an der Ostfront starben.

Ich machte mir auch Gedanken, woher wohl die Goldbarren stammten. Im Fernsehen hatte ich einmal eine Sendung gesehen, die sich mit dem sogenannten Nazi-Gold beschäftigte. Es standen eine Menge interessante Sachen über das Gold der Nazis in diesem Buch, aber das erklärte längst nicht, woher unsere zwölf Goldbarren stammten. Erst sehr viel später sollte ich eine Antwort auf diese Frage erhalten.

Ich saß wieder in meinem Personalzimmer und erinnerte mich, was mir der Juwelier gesagt hatte. Eine Feinunze Gold entsprach in etwa 30 Gramm. 1996 kostete eine Feinunze durchschnittlich 400 Dollar und wir besaßen fast 170 Kilogramm dieses Edelmetalls.

Ich legte mich auf mein Bett und träumte von meinem zukünftigen Leben als reicher Mann. Zwei Wünsche wollte ich mir erfüllen. Zuerst eine dreiwöchige Mittelmeerreise auf einem Schiff. Danach wollte ich mir den Wunsch der beruflichen Selbständigkeit erfüllen. Ich hatte schon seit Langem ein gastronomisches Konzept im Kopf, was ich jetzt umsetzen wollte und mit meinem Anteil ja auch konnte. Am Nachmittag, so gegen vierzehn Uhr, rief ich Gerhard Schuster an. In El Paso war es ungefähr sechs Uhr morgens. Schuster klang etwas abwesend und verschlafen, war aber gut zu Hause angekommen. Danach verstrichen einige Tage, bis Gerhard mich wieder anrief. Mit freudiger Stimme berichtete er mir, dass die Kisten angekommen seien. Die Speditionsfirma habe sie gerade abgeladen. »Alles ist noch an seinem Platz«, damit beendete er das Gespräch.

Das war das letzte Mal, dass ich etwas von Gerhard Schuster hörte. Ich versuchte ihn danach mehrmals telefonisch zu erreichen und schrieb ihm mehrere Briefe. Auch bei der Internationalen Auskunft konnte man mir nicht weiterhelfen. Er war wie vom Erdboden verschluckt und dafür konnte es mehrere Gründe geben. Vielleicht war er beim Verkauf der Ware von der Polizei gefasst worden und saß jetzt im Gefängnis. Oder er war von seinen ominösen Geschäftsfreunden ausgeraubt und beseitigt worden. Oder er verkaufte mit großem Erfolg den Schmuck und befand sich jetzt in Las Vegas, wo er die Dollars mit vollen Händen verspielte.

Ich war im Hotel und machte wie gewohnt meine Arbeit. »Außer Spesen nichts gewesen« lautet ein altes Sprichwort. In meinem Fall gab es nicht einmal Spesen. Ich hatte meine ganzen Ersparnisse in diese Unternehmung investiert und der Tag meiner Kündigung rückte immer näher. Enttäuscht und niedergeschlagen rief ich Ende Februar meine Mutter an und leitete das Gespräch wie üblich mit dem Satz ein: »Was gibt es Neues bei euch?« Ein Adrenalinschub durchfuhr mich, als sie plötzlich sagte, die Polizei sei bei uns gewesen. »In dem Haus, in dem mal dein alter Freund Thorsten gewohnt hat, ist jemand eingebrochen und die Polizei fragt die Nachbarschaft, ob jemand etwas gesehen hätte. Es stand sogar ein großer Bericht in der Zeitung, in dem die Kriminalpolizei die Anwohner um Mithilfe bittet.«

»Oh, Dinge gibt's«, sagte ich erstaunt und ein wenig verängstigt. »Kannst du mir den Zeitungsbericht vielleicht zuschicken?«

Zwei Tage später kam er mit der Post:

MYSTERIÖSER EINBRUCH IN EINFAMILIENHAUS
Zwischen dem 10. und 22. Februar ereignete sich ein mysteriöser Einbruch in einem Einfamilienhaus in der Siedlung Eigenheim in Kiel-Oppendorf. Die Eigentümer, eine junge Familie, befanden sich im Urlaub, als der Einbruch geschah. Erst als sie ihr Haus nach dem Urlaub betraten, machten sie die unglaubliche Entdeckung. Im Abstellraum ihres Kellers war ein Loch von gut fünf Quadratmetern ausgehoben worden. Darin befanden sich zwei Metallkisten, die dort offensichtlich vor mehreren Jahren vergraben wurden. Was sich in den Kisten befand, ist der Polizei noch völlig unklar. Lediglich Drogen können ausgeschlossen werden, so ein Polizeisprecher. Die Kriminalpolizei Kiel bittet in dieser Angelegenheit um Mithilfe ...

Anfangs beunruhigte mich die akribische Suche der Polizei noch sehr, aber dann wurde ich wieder gelassener. Niemand hatte uns gesehen, es gab keine Fingerabdrücke und der VW Bus war gut getarnt gewesen. Weniger beruhigte mich die Tatsache, dass sich Gerhard Schuster seit Wochen nicht bei mir meldete. Er rief nicht an und beantwortete auch meine Briefe nicht. Schließlich rief ich erneut bei der Internationalen Auskunft an, aber auch dort gab es keine neuen Erkenntnisse. Nach weiteren unzähligen Anrufen in El Paso bestieg ich drei Monate später wie geplant das Schiff, das im Mittelmeerraum kreuzte. Allerdings fuhr ich nicht für drei Wochen, sondern für vier Monate auf dem Luxusliner mit. Meinen Namen fand man auch nicht auf der Passagierliste, sondern im Mitarbeiterverzeichnis unter »Restaurant-Stewards« wieder. Nachdem ich mich von meinem Arbeitgeber und den Arbeitskollegen verabschiedet hatte, trat ich Mitte Mai meinen neuen Arbeitsplatz auf dem Kreuzfahrtschiff an. Dazu musste ich nach Palma de Mallorca fliegen und von dort aus mit einem Taxi zum Hafen fahren. Ohne lange suchen zu müssen, fand ich das 122 Meter lange Schiff sofort. Bevor man mir das Boot und meinen Aufgabenbereich genauer erklärte, zeigte mir ein Steward meine Kabine.

Ein aufdringlicher Parfümgeruch kam mir entgegen, als ich den etwa vier Meter langen und knapp drei Meter breiten Raum betrat. Auf der rechten Seite stand ein Etagenbett und auf der linken Seite ein Schrank mit drei Türen. Außerdem befand sich auf dieser Seite ein kleiner Schreibtisch mit Stuhl. Quer unter dem Bullauge stand noch ein einzelnes Bett. Sascha, mein neuer Kollege und Kabinengenosse, begrüßte mich freundlich und bot mir das Bett unter dem Fenster an. »Ich schlafe hier oben«, sagte er und zeigte dabei auf das Etagenbett. Wenige Minuten später ging die Tür erneut auf und ein weiterer Kollege betrat die Kabine. Er stellte sich mit dem Namen Ronny vor und kam aus den neuen Bundesländern. Ronny hatte ebenfalls seinen ersten Arbeitstag an Bord. Mit ihm sollte ich mich die ganzen vier Monate gut verstehen. Er war das, was man umgangssprachlich einen Schelm nennt. Ich weiß nicht, wie viele Affären er in den vier Monaten hatte, da ich irgendwann aufhörte, mitzuzählen. Fast jeden Abend brachte er eine andere Stewardess oder ein Zimmermädchen mit auf die Kabine. Eines Abends, ich war gerade kurz vorm Einschlafen, brachte er eine Passagierin mit. Sie war noch keine achtzehn Jahre alt und mit ihren Großeltern an Bord. Ich stellte mich schlafend und war wirklich froh, als die beiden wieder das Quartier verließen. Erstaunlich fand ich, dass keine der Frauen ihm am nächsten Tag böse war. Es schien fast so, als würden die Damen sich gegenseitig absprechen.

Sascha fuhr schon länger zur See und arbeitete seit einiger Zeit an Bord. Er interessierte sich weder für Stewardessen noch für Zimmermädchen. Sein Interesse galt ganz mir. Ich nordete ihn gleich ein und machte ihm klar, dass da überhaupt gar nichts laufen würde. Damit musste er sich schweren Herzens abfinden, was ihn jedoch nicht davon abhielt, gelegentlich für mich zu singen.

Ich bau dir ein Schloss so wie im Märchen,
da wohn ich mit dir dann ganz allein.
Ich bau dir ein Schloss, wenn ich einst groß bin,
da kannst du dann froh und glücklich sein ...

Eines Tages kam Sascha auf die Idee, mir über mein Bett ein Tuch aus rosa Plüsch zu hängen. Er war der Ansicht, dass es mir nicht zuzumuten sei, morgens beim Aufwachen gegen die hässliche Decke zu schauen. Sascha stammte aus gutem Hause und seine Eltern besaßen eine Villa in Stuttgart. Und eines Tages vertraute er mir eine schlimme Geschichte an. Er war abends alleine zu Hause gewesen und hatte Geräusche gehört. Deshalb ging er die Treppe hinunter und da bekam er plötzlich einen Schlag auf den Kopf. Er zeigte mir eine gut fünf Zentimeter lange Narbe, die sich auf seiner Stirn befand und durch die Haare verdeckt wurde. Es waren Einbrecher im Hause gewesen, die er bei ihrem Treiben ertappt hatte. Diese Geschichte schien mir einiges zu erklären.

Das Schiff legte ab und meine erste zweiwöchige Reise als Steward begann. Zunächst nahmen wir Kurs auf Sardinien, wo die Passagiere eine kleine Rundreise machten. Dann ging es weiter nach Sizilien, wo die Reisegäste die Stadt Palermo besuchten. Danach zeigte der Kompass in Richtung Norden und wir lagen zwei Tage im Hafen der Insel Capri. Von dort aus verlief die Seetour weiter zur französischen Insel Korsika. Auf direktem Weg führte uns unsere Route dann zurück in den Hafen von Palma de Mallorca, wo uns die alten Gäste verließen und neue an Bord kamen.

Die nächste Kreuzfahrt sollte drei Wochen dauern und zu den griechischen Inseln führen. Die Gäste wurden dabei regelrecht gemästet. Ständig wurde ihnen etwas zu essen angeboten und nur wenige schafften es, während ihres Urlaubs nicht einige Kilo zuzunehmen. Das Leben des Personals an Bord war von reichlich Arbeit, wenig Schlaf und viel Alkohol bestimmt. Ein durchschnittlicher Arbeitstag betrug etwa vierzehn Stunden und das sieben Tage die Woche. Manchmal hatten wir Glück und es gab für einige Stunden Landgang. Dieses Privileg war aber zunächst nur den Mitarbeitern vorbehalten, die schon längere Zeit ihren Dienst auf dem Luxusliner verrichteten. Doch trotz der extremen Arbeitsbedingungen und der kleinen Kabine mit wenig Privatsphäre war das Arbeitsklima hervorragend. Nach der Arbeit saßen wir abends alle beieinander und machten Party. Ich nahm mir immer wieder vor, früh ins Bett zu gehen und auszuschlafen. Leider habe ich das niemals geschafft und der Kaffee erwies sich am nächsten Morgen als mein bester Freund.

Alle zwei bis drei Wochen steuerte der Kapitän erneut den Hafen von Palma de Mallorca an, um neue Passagiere aufzunehmen und mit ihnen eine neue Reiseroute zu starten. Die vier Monate waren fast vergangen, als das Schiff im Hafen von Marbella festmachte und der Chefsteward auf Ronny und mich zukam. »Wollt ihr zwei Tage Landurlaub machen?«, fragte er.

Wir schauten uns erstaunt an und willigten sofort ein. Zwei Tage Landurlaub, das hatte es noch nie gegeben. Tatsächlich war das aber nicht ganz uneigennützig von ihm, wie wir schnell feststellten. Unsere Arbeitsverträge liefen in naher Zukunft aus und der Chefsteward war mit unserer Arbeit wohl ganz zufrieden. Damit wir in einigen Wochen wieder auf dem Schiff anheuerten, gab er uns nun ein kleines Bonbon mit auf dem Weg, sodass wir ihn in guter Erinnerung behielten. Uns war das egal. Ronny und ich packten am nächsten Morgen unsere Taschen, marschierten von Bord und stiegen in das nächste Taxi, das direkt am Hafen stand. Es war ein wunderschöner sonniger Morgen, nicht eine Wolke stand am strahlend blauen Himmel. Wir nahmen uns vor, in das 80 Kilometer entfernte Gibraltar zu fahren, um dort eine Nacht zu verbringen. Der alte Mercedes machte die Strecke in weniger als einer Stunde und der spanische Taxifahrer setzte uns direkt an der Grenze zu Gibraltar ab. Wir stiegen aus, um die letzten Meter zu Fuß zu gehen. Doch plötzlich fielen zwei Bahnschranken vor uns zu und ein rotes Licht blinkte warnend. Wir standen vor Schranken und wunderten uns, dass keine Gleise auf der Straße zu sehen waren. Dafür konnte man von Weitem ein Flugzeug herannahen sehen, das sich augenscheinlich im Landeanflug befand. Wenige Minuten später setzte die Maschine der British Airways mit dröhnenden Triebwerken vor uns auf. Gibraltar ist so klein, dass die Briten einfach einen Teil der Straße zur Landebahn umfunktionierten, was in dieser Form wohl einmalig auf der Welt ist.

Die Schranken öffneten sich wieder und wir setzten unseren Fußmarsch fort. Nach kurzer Zeit befanden wir uns in der Main Street und wir beschlossen, bei der dort ansässigen Royals TSB Bank etwas Geld zu wechseln. Da mein Englisch besser war als Ronnys DDR-Russisch, mit dem er hier ohnehin nichts anfangen konnte, stellte ich mich an den Schalter. Eine junge Dame begrüßte mich mit den Worten: »Good morning Sir, what can I do for you?«

»I would like to change money, please«, sagte ich und schob dabei spanische Peseta über den Tresen. Sie schaute mich kurz an, lächelte und fragte nach meinem Ausweis, den ich ihr unverzüglich reichte. Sie tippte meine Daten in den Computer ein und ging dann kurz weg. Einige Meter entfernt auf der anderen Seite des Tresens blieb sie stehen und zeigte einem Mann, der ihr Vorgesetzter zu sein schien, meinen Ausweis. Beide schauten mich prüfend an und der ebenfalls freundlich wirkende Chef nickte mir zu. Ich beobachtete das Treiben misstrauisch und Ronny fragte mich, ob ich vielleicht polizeilich gesucht werde.

Ehe ich etwas antworten konnte, war die junge Dame wieder zurück und sagte: »Please follow me, gentlemen.«

Wir folgten ihr und fanden uns wenig später hinter einer spanischen Wand wieder. Dort bot sie uns einen Sitzplatz auf einer exquisiten Ledergarnitur an, von wo aus wir einen herrlichen Ausblick auf das Meer genossen. Nach kurzer Zeit kam eine weitere Mitarbeiterin, die uns fragte, ob wir Getränke wünschten. Da es unserm Naturell entsprach, niemals etwas abzulehnen, was kostenlos war, bestellten wir Espresso und Wasser. Es dauerte nur einige Minuten und die erste Mitarbeiterin brachte uns unsere Gibraltar-Pfund auf einem silbernen Tablett zusammen mit den Getränken. Tief beeindruckt von diesem Service verließen wir die Royals Bank in der Main Street 323 wieder.

Nun war es mittlerweile zwölf Uhr und wir suchten ein Restaurant in der gleichen Straße auf. Es sah nicht besonders gepflegt aus, aber es bot uns einen wunderschönen Blick über die gesamte Gegend. Vor dem Lokal regelte ein britischer Polizist mit einem typischen Bobby-Helm auf dem Kopf den Verkehr. Aus heiterem Himmel kam Ronny nun auf die Idee, dass wir uns ein Auto mieten sollten, um nach Marokko zu fahren. Er musste viel Überzeugungsarbeit leisten, bis ich schließlich seinen Plänen zustimmte. Als wir das Restaurant nach dem Mittagessen wieder verließen, war ich mir sicher, dass ich bis zu diesem Zeitpunkt noch nie so schlecht gegessen hatte wie dort. Die Briten haben leider auch ihre wenig berühmte Küche mit nach Gibraltar gebracht. Der silberne Opel Astra war schnell gemietet und wir fuhren Richtung spanische Grenze. Zügig legten wir die 25 Kilometer zur Stadt Algeciras zurück, wo wir mit einer Fähre übersetzten. Gegen sechzehn Uhr erreichten wir nach einer Fährschifffahrt von fast zwei Stunden das afrikanische Festland. Die Stadt Ceuta befindet sich bereits auf dem afrikanischen Kontinent, gehört politisch aber noch zu Spanien, was sich auch in der ganzen Umgebung widerspiegelt. Wir fuhren mit unserem Opel etwas durch die Stadt und schauten uns um, bis wir die Grenze zu Marokko erreichten. Dort standen riesige Zelte auf dem Sandboden. Rechts davon warteten blaue Mercedes-Taxen, die sich allesamt in einem erbärmlichen Zustand befanden. Die Fahrzeuge waren verbeult, zerkratzt, verrostet und weder die Autos noch die Fahrer machten einen vertrauenswürdigen Eindruck. Links reihten sich einige wacklige Gebäude aneinander, die von marokkanischen Grenzbeamten besetzt waren. Kaum stiegen wir aus dem Auto, wurden wir auch schon von einem Marokkaner auf Deutsch angesprochen. Er drängte sich förmlich auf, uns bei der Abwicklung der Grenzformalitäten behilflich zu sein. Es ging dann auch sehr schnell und wir zahlten ihm für seine Dienste fünf Gibraltar-Pfund und eine Schachtel Zigaretten. Jetzt sollte es in die nächstgrößere Stadt gehen. Tétouan befand sich nur 40 Kilometer entfernt und wir entschlossen uns, dort hinzufahren.

Die Straßenverhältnisse waren recht passabel und somit kamen wir gut voran. Auf unserem Weg durchquerten wir einige kleinere Dörfer mit schiefen Häusern, von denen sich die weiße Farbe abschälte, sie waren nicht gerade von Reichtum gezeichnet. Wenig später passierten wir ein weißes Ortsschild mit der Aufschrift: تطوان . Ronny und ich hatten die Stadt Tétuan mit über 300000 Einwohnern erreicht. Wir orientierten uns gerade, als aus heiterem Himmel ein Moped neben uns fuhr. Der Fahrer, ein junger Mann, rief uns zu: »Are you british?«

Ronny, der am Steuer saß, verneinte.

Mit den Worten: »Si vous parlez français?«, startete der Mann einen neuen Versuch.

Ronny, der das Fenster runtergekurbelt hatte, rief: »Deutsch, wir sind Deutsche.«

Der Mopedfahrer, der ständig mit dem Gas seines knatternden Gefährts spielte, rief unerwartet: »Oh, ihr seid Deutsche, das ist ja super. Ich habe lange Zeit in Deutschland gelebt.«

Wir waren so schwer beeindruckt von seiner akzentfreien Aussprache, dass wir gleich rechts heranfuhren und anhielten. Der junge Mann begrüßte uns, als wären wir alte Freunde, die er viele Jahre nicht gesehen hatte. Er fragte, ob wir Touristen seien, was wir zögerlich bejahten. Dann erzählte er uns von dem tollen Hotel Paris, das nur wenige Kilometer entfernt lag und sehr günstig sein sollte. Aufgeregt berichtete er uns, dass er in Köln gelebt hätte und es ihm eine große Freude sei, uns die Stadt Tétuan zeigen zu dürfen.

Ronny und ich waren nicht abgeneigt und folgten dem knatternden Moped bis zum Hotel Paris. Es lag in der Altstadt und sah von außen ganz ansprechend aus. Schon alleine der Name der Unterkunft versprach ein gewisses Niveau. Wir leisteten an der Rezeption gleich Vorkasse für eine Übernachtung mit Frühstück und gingen auf unser Zimmer im zweiten Stock. Doch das, was wir dort vorfanden, war nicht das, was wir erwartet hatten. Der Raum war knapp drei Meter breit und sechs Meter lang. Eine ungewöhnlich hohe Decke und kahle weiße Wände machten ihn äußerst ungemütlich. Auch der Boden, der aus abgenutzten, roten und weißen Steinfliesen bestand, leistete keinen Beitrag zur Gemütlichkeit. Das fensterlose Badezimmer mit verschlissenen Installationen lud ebenfalls nicht gerade zum längeren Verweilen ein. Wir waren nicht begeistert, aber wir wollten ja auch nur eine Nacht bleiben.

Als wir wieder herunterkamen, wartete der junge Mann bereits an der Rezeption auf uns. Schnellen Schrittes führte er uns durch die Altstadt zu unserem vorläufigen Ziel. Nach seiner Aussage war es das beste Restaurant in Tétouan, in dem normalerweise nur die Einheimischen verkehrten. Wir wurden auch gleich vom Chef des Hauses höchst persönlich betreut. Lächelnd überreichte er uns die Menükarten. Die Preise waren selbst für deutsche Verhältnisse hoch und wahrscheinlich hätte kein Marokkaner so viel für eine Mahlzeit bezahlt. Wir bestellten das marokkanische Nationalgericht Couscous mit Gemüse und

Lammfleisch, was tatsächlich ausgezeichnet war. Während wir aßen, stand der junge Mann am Tresen und ließ sich vom Inhaber des Restaurants offensichtlich eine kleine Prämie zahlen.

Nach dem Essen eilte unser Führer wieder mit uns durch die engen Gassen der Altstadt, bis wir auf einmal in einem Geschäft standen. Die beiden Betreiber des Teppichbasars boten uns gleich einen Platz an und eine Marokkanerin brachte uns Tee aus frischen Pfefferminzblättern mit viel Zucker darin. Während wir diesen köstlichen Tee tranken, zeigten uns die beiden Geschäftsleute ihre edle Ware. Ich gab ihnen mehrfach zu verstehen, dass ich keinen Teppich brauchte, weil ich zurzeit keine Wohnung hatte. Ronny hingegen war nicht abgeneigt, eines dieser kostbaren Stücke zu erwerben. Nach ungefähr zwei Stunden verließen Ronny und ich den Basar. Er hatte eine große Matte unter dem Arm und ich hatte mich zu einem kleinen Bettvorleger überreden lassen. Nachdem unser Reiseführer auch im Basar seinen Obolus erhalten hatte und erneut bei uns erschienen war, rief er zwei Jungen herbei. Sie trugen unsere Pakete mit den Teppichen zu unserem Hotel, während wir hinter ihnen herliefen. Mit dem anschließenden Trinkgeld von jeweils drei Gibraltar-Pfund für zehn Minuten Arbeit zeigten sich die Jugendlichen allerdings nicht einverstanden. Auch meine Erklärung, dass man für diesen Betrag in Deutschland eine ganze Stunde arbeiten müsse, beeindruckte sie nur wenig. Nachdem auch dieses Problem mit sehr viel Verhandlungsgeschick gelöst worden war, wollte sich unser Reiseführer von uns verabschieden. Natürlich fragte auch er, ob wir noch eine Kleinigkeit für ihn hätten, worauf ich ihn fragte, was denn eine Kleinigkeit sei.

Ungeniert antwortete er: »Hundert Mark«, was dreißig Gibraltar-Pfund oder fünfzig Euro entsprach.

Ich kochte vor Wut und sagte mit aufgeregter Stimme: »Pass mal auf, erst sagst du, du willst uns die Stadt zeigen, dann schleppst du uns in ein Hotel, anschließend in ein Restaurant, danach in einen Teppichbasar und kassierst überall ab. Jetzt willst du für drei Stunden Führung so viel Geld, wie ich an einem ganzen Arbeitstag verdiene?« Ich schaute den jungen Mann mit ernster Miene an, aber meine Anklage ließ ihn völlig unbeeindruckt. Und so gaben wir ihm zwanzig Gibraltar-Pfund und zwei Schachteln Zigaretten und gingen auf unser Hotelzimmer.

Ich legte mich angezogen auf das Bett, um mich von den Strapazen und dem Ärger des Tages etwas zu erholen. Dabei schaute ich auf den Boden und machte eine sehr unerfreuliche Entdeckung. Ich rief Ronny, der sich gerade im Bad befand: »Ronny, komm mal her und schau dir das an.« Vor meinem Bett lag der gleiche Bettvorleger, wie ich ihn heute im Basar für viel Geld erworben hatte. Mir war vom Verkäufer versichert worden, dass es sich um ein äußerst seltenes Stück handelte, das quasi ein Unikat sei. Der Hotelier hatte für dieses Massenprodukt wahrscheinlich nur einen minimalen Betrag gezahlt. Ich ärgerte mich noch eine ganze Weile über dieses Geschäft, bis ich irgendwann darüber einschlief.

Die unangenehme Nacht war geschafft und ich freute mich auf ein gutes Frühstück. Der Frühstücksraum tat es dem Hotelzimmer in puncto Gemütlichkeit gleich. Die Wände waren fast bis zur Decke gefliest, der Boden bestand aus Steinplatten und die unansehnlichen Tische waren lustlos gedeckt. Ich wollte gerade ein Schluck Orangensaft trinken, als ich die korpulente Dame hinterm Getränkebuffet sah. Sie öffnete die Flasche, in der sich der Orangensaft befand, setzte an und trank direkt aus der Pulle. Ich ließ es mit dem Frühstück bleiben, packte meine Sachen und wir marschierten in die Tiefgarage, wo wir unser Auto geparkt hatten. Nach kurzer Diskussion mit dem Hotelier wurde das Fahrzeug gegen zehn Gibraltar-Pfund Parkgebühr freigegeben. Wir verließen eilig die Tiefgarage, fuhren zügig in Richtung Ceuta und nahmen gleich die erste Fähre zum europäischen Festland. Ronny steuerte gerade den silbernen Opel von der Fähre, als zwei spanische Zollbeamte uns rauswinkten. Sie fragten uns: »Si ellos tienen que pagar aduana por algo?«

Ich versuchte ihnen verständlich zu machen, dass wir kein Spanisch sprachen. Sie hingegen weigerten sich, auch nur ein Wort Englisch mit uns zu reden. Einer von ihnen zeigte auf den Kofferraum, den wir ihnen unverzüglich öffneten. Dort sahen sie Ronnys großes Teppichpaket, das fast den gesamten Laderaum ausfüllte. Einer der Zollbeamten sagte ständig zu uns: »Cálculos«, bis wir endlich verstanden, dass er die Rechnungen für unsere Einkäufe sehen wollte. Wir gaben ihm die Quittungen und zahlten auf die eingeführten Waren aus Afrika nach Europa Einfuhrzoll.

Die spanischen Beamten waren bei der Ausübung ihrer Tätigkeit sehr unfreundlich zu uns. Sie hatten nämlich bemerkt, dass wir uns in Gibraltar aufhielten, was zum britischen Überseegebiet gehört. Viele Menschen arbeiteten in Spanien und hatten ihren Wohnsitz in Gibraltar angemeldet. Sie zahlten also ihre Steuern an die britische Krone und der spanische König ging leer aus. Dies führte immer wieder zu Konflikten zwischen den Regierungen und den Königshäusern der beiden Nationen. Außerdem war Gibraltar ein Steuerparadies für Reiche, die ihr Geld dort sicher anlegten.

Wir wollten gerade wieder in unser geliehenes Auto steigen, da machten wir eine unangenehme Entdeckung. Die vordere Stoßstange des Fahrzeugs hatte sich aus der Halterung gelöst und hing schief herunter. Vielleicht waren die schlechten Straßenverhältnisse oder das Auffahren auf die Fähre der Auslöser dafür gewesen. Egal, uns war klar, dass wir diesen Schaden teuer würden bezahlen müssen.

Die wenigen Kilometer zum Autoverleih in Gibraltar hatten wir schnell hinter uns gebracht. Bevor der Mechaniker seinen Vorgesetzen informierte, nahm er das Auto auf die Hebebühne. Der britische Geschäftsführer kam schnellen Schrittes aus seinem Büro, um den Schaden selbst zu begutachten. Er wechselte einige Worte mit seinem Mitarbeiter und sagte dann zu uns: »No problem, give the mechanic a tip.«

Das war seit langer Zeit mal etwas Erfreuliches – jemand, der uns nicht ausnehmen wollte. In Marokko hatte man uns das Geld ja nur so aus den Taschen gezogen.

Und so gaben wir dem Mechaniker für seine Arbeit ein gutes Trinkgeld und zogen weiter. Unser Weg führte uns abermals durch die Main Street, vorbei an der Royals TSB Bank. Ich überlegte, ob ich noch einmal reingehen sollte, um Geld zu wechseln. Alleine der Service wäre es wert gewesen. Es war angenehm, als Gentleman angesprochen zu werden und seine Gibraltar-Pfund neben einem Espresso auf einem silbernen Tablett serviert zu bekommen. Wir schauten uns noch ein wenig in der Main Street um. Dabei entdeckten wir ein junges Paar, das gerade heiraten wollte. Sie betraten das Gebäude mit der Aufschrift »Registry office«, was so viel heißt wie Standesamt. Neben dem Gebäude hing ein Messingschild mit schwarzer Aufschrift, das an die Eheschließung zwischen John Lennon und Yoko Ono am 20. März 1969 in Gibraltar erinnerte.

Danach wanderten wir noch zwei Stunden zu Fuß durch die Stadt, dann nahmen wir uns gegen Mittag ein Taxi und fuhren zurück nach Marbella, wo unser Schiff im Hafen lag. Während der gesamten Taxifahrt ließ ich es mir nicht nehmen, Ronny immer wieder zu sagen, dass seine Idee mit Marokko wirklich scheiße war. Sein Schweigen wertete ich als absolute Zustimmung.

Es war ein sonniger Tag und nur ein leichtes Lüftchen sorgte für etwas Abkühlung. Wir genossen es, saßen am Yachthafen von Marbella und tranken frisch gepressten Orangensaft. Bevor wir wieder an Bord gingen, suchte ich noch schnell eine Telefonzelle auf. Zuerst rief ich meinen alten Arbeitgeber in Frankfurt am Main an, um zu fragen, ob Post für mich angekommen sei. Ich hatte jedoch nur einige Werbebriefe von Versicherungen und Banken bekommen, leider war keinerlei Mitteilung von einem gewissen Gerhard Schuster dabei. Dann rief ich meine Mutter in Oppendorf an, aber auch dort war keine Nachricht von Gerhard eingetroffen. Die Hoffnung stirbt zuletzt, dachte ich, als ich abermals die Telefonnummer in El Paso erfolglos anrief. Schließlich betrat ich das Schiff und nahm meine Arbeit wieder auf.

Die folgenden zwei Wochen vergingen schnell und ich hatte meinen viermonatigen Arbeitsvertrag erfüllt. Ich war froh, als ich Mitte September wieder in Oppendorf ankam und mein altes Jugendzimmer bezog. Die ersten zwei Tage lag ich nur im Bett und holte den versäumten Schlaf nach. Dann wurde ich plötzlich krank. Ich bekam Husten, Schnupfen, Kopf-, Hals- und Gliederschmerzen. Alle Symptome deuteten zunächst auf einen grippalen Infekt hin, aber weil es nicht besser wurde, dachten wir irgendwann an etwas Ernsteres. Mein Bruder fuhr mich zu unserem Hausarzt nach Schönkirchen. Ich saß nur kurze Zeit im Wartezimmer, bis mich die Sprechstundenhilfe aufrief. Im Behandlungszimmer erwartete mich eine erfreuliche Überraschung. Der Arzt hatte sich etwas Urlaub gegönnt und seine Vertretung konnte sich durchaus sehen lassen. Eine junge Ärztin, die ich auf knappe dreißig Jahre schätzte, behandelte die Patienten. Sie hatte eine weiße, leicht transparente Hose und ein rosa Poloshirt an, auf dem links das Lacoste Krokodil zu sehen war. Die Knöpfe ihres Shirts waren alle offen und um ihren Hals lag ein schlichtes Goldkettchen. Ihre blond-braunen Haare berührten nur knapp ihre Schultern. Ihre Augenfarbe war eigenartig und erinnerte mich an eine Siamkatze. Meine erstaunten Blicke, mit denen ich ihren gesamten Körper abscannte, entgingen ihr nicht. Insbesondere mein Blick in Höhe des Lacoste Krokodils bemerkte sie unerfreulicherweise.

Obwohl es mir schon wesentlich besser ging, beschrieb ich ihr meine Krankheitssymptome, während sie mich eingehend untersuchte. Dann setzte sie sich an ihren Schreibtisch und fragte mich, wie lange ich das denn schon hätte. Während ich ihr antwortete, schlug sie nachdenklich mit ihrem Kugelschreiber gegen meine

Krankenakte. »Ihre Beschwerden sind ungewöhnlich für diese Jahreszeit. Wie sah es denn in den letzten Wochen und Monaten mit wechselnden Sexualpartnern aus?«, fragte sie mich mit einem ungewöhnlich tiefen, aber ernsten Blick in meine Augen.

Ich merkte, wie sich auf meinen Lippen ein leichtes Lächeln abzeichnete und ich antwortete: »Ach, wissen Sie, Frau Doktor, ich bin die letzten vier Monate als Steward zur See gefahren und viel herumgekommen. Da hat sich dann schon der eine oder andere One-Night-Stand ergeben.«

Sie schaute wieder auf meine Krankenakte und erwiderte: »Das habe ich mir schon fast gedacht. Das sieht mir nämlich nach einer HIV-Infektion aus.«

Ich merkte, wie sich meine Mundwinkel nach unten bewegten, zeitgleich jagte ein Adrenalinschub durch meinen Körper bis in meine Zehnspitzen und ich bekam nur noch ein leises »Was!« heraus.

»Na, nun seien Sie nicht gleich beunruhigt. Wir werden jetzt erst einmal Blut abnehmen und dann schauen wir uns das Ergebnis an.«

Überzeugt versicherte ich der Ärztin, dass es nicht sein könne, dass ich eine HIV-Infektion hätte, weil ich weder homosexuell noch drogenabhängig sei.

Sie musste auf meinen Einwand herzlich lachen und belehrte mich wie einen kleinen Jungen, dass sich auch Heterosexuelle mit HIV infizieren könnten. Und ich hatte ihr erzählt, was ich doch für ein toller Kerl sei. Als Weltenbummler und Frauenliebhaber hatte ich mich ausgegeben. Mit einem Wort hatte sie alles zerstört. Und als Krönung lachte sie mich noch für meinen naiven Einwand aus.

Nachdem mir Blut abgenommen worden war, fragte ich gleich, ob ich das Testergebnis noch heute bekommen könnte. Als ich schließlich die Arztpraxis verließ, wusste ich, dass ich zwei Tage auf das Untersuchungsergebnis warten musste. Obwohl mich mein Bruder nach der Behandlung wieder abholen wollte, zog ich es vor, zu Fuß nach Hause zu gehen. Ich ging die fast vier Kilometer in Richtung Heimat durch die Mühlenstraße und dann weiter auf dem Holzkatenweg durch den Wald. Um den Weg etwas zu verkürzen, entschied ich mich für die Strecke über den Friedhof. Hier wirst du auch bald liegen, dachte ich mir, als ich die Gräber sah. Beim Vorbeilaufen schaute ich auf die Grabsteine und las gelegentlich die Namen darauf. Plötzlich blieb ich stehen und glaubte, nicht richtig zu sehen. Ich trat näher an das Grab und schaute auf den Grabstein, auf dem der Name Alfred Berger stand. Ebenfalls eingraviert waren das Geburtsdatum und der Todestag, der 06.04.1945. Merkwürdig fand ich nur, dass die Grabstätte einen recht gepflegten Eindruck machte. Sogar ein frisches Blumengesteck in einer Vase stand vor dem Grabstein. Irgendjemand musste die letzte Ruhestätte von Alfred Berger pflegen und das konnte ja nur jemand sein, der ihn gekannt hatte. Ich ging zum Büro des Friedhofgärtners, das sich am Ausgang befand, und fragte ihn, ob er mir weiterhelfen könnte. Er wusste sofort Bescheid, weil es sich um einen der wenigen Grabplätze handelte, der für hundert Jahre angemietet worden war, zeigte sich sehr hilfsbereit und erzählte, dass eine Dame, deren Ehemann neben Alfred Berger lag, Mitleid hätte und dieses Grab mitpflegte. Damit hatte sich diese Ungereimtheit schnell aufgeklärt.

Als ich zu Hause ankam, ging ich auf mein Zimmer und grübelte. Ich zählte die Damen, mit denen ich etwas auf dem Schiff gehabt hatte, kritisch durch. Da war Claudia aus Stuttgart, Christine aus Hoyerswerda und Katja aus Nürnberg. Ich konnte mir aber beim besten Willen nicht vorstellen, dass eines der Mädchen krank gewesen war. Auf der anderen Seite waren wir alle keine Kinder von Traurigkeit. Ich grübelte noch eine ganze Weile und fühlte mich mittlerweile wieder sehr gesund.

Am Nachmittag fuhr ich mit meinem Bruder zum Supermarkt. Ich kaufte mir eine Flasche Gin, zwei Flaschen Tonic Water und weil ich etwas für meine Gesundheit tun wollte, nahm ich noch zwei Zitronen mit. Am Abend saß ich bei Kerzenlicht in meinem fast dunklen Zimmer, trank Gin Tonic und hörte von Pink Floyd die Schallplatte »Dark side of the moon«. Diese Musik schien mir die einzige zu sein, die zu meiner Stimmung passte und ich ließ sie immer wieder von vorne laufen.

Die zwei Tage zogen sich hin und ich hatte mich mit meinem Schicksal schon abgefunden. Ich nahm mir vor, mit meinen neuen Ersparnissen nach Mallorca zu ziehen, um dort mein Leben ausklingen zu lassen. Als ich dann zwei Tage später nervös die Arztpraxis betrat, fragte ich die Sprechstundenhilfe ungeduldig, wie das Testergebnis ausgefallen sei. Augenblicklich antwortete sie mir, dass sie das nicht erzählen dürfe, das dürfe nur die Ärztin.

Ich nahm im Wartezimmer Platz und deutete die Reaktion der Praxismitarbeiterin als nicht besonders positiv für mich. Ich hielt es für verdächtig, dass sie sofort wusste, wovon ich sprach. Wenig später wurde ich aufgerufen und ging in das Behandlungszimmer. Die Ärztin betrat das Zimmer sehr eilig nach mir und setzte sich an ihren Schreibtisch. »Worum ging es denn noch gleich bei Ihnen?«, fragte sie, als sie mich sah. Bevor ich antworten konnte, hatte sie schon meine Akte in der Hand und gab sich selbst die Antwort. Ich nahm ihr gegenüber Platz. Sie hielt den Laborbericht mit dem HIV-Testergebnis in der Hand: »Das habe ich mir ja schon gedacht.« Ein erneuter Adrenalinschub durchfuhr mich und ließ mich frieren. Dann fuhr sie fort: »Das Testergebnis ist negativ, also für Sie positiv. Sie tragen definitiv nicht das HI-Virus in sich. Ich hatte mir das schon gedacht, aber ich wollte jedem Verdacht nachgehen. Aber Ihre Leberwerte sind ausgesprochen schlecht.« Dann erzählte sie mir noch eine ganze Menge über Leberenzyme AST und GGT und Bilirubin im Blut, bis ich schließlich die Praxis erleichtert verließ.

Ich fühlte mich wie neugeboren und trat beschwingt den Fußmarsch in Richtung Heimat an. Dass ich krank geworden war und meine Leberwerte so schlecht waren, fand ich nicht verwunderlich. Die letzten vier Monate hatte ich mich sehr schlecht ernährt, viel Alkohol getrunken und wenig Schlaf bekommen. Die schwere Arbeit und die ausgiebigen Partys an Bord waren eben keine gesunde Lebensweise gewesen. Jetzt, wo ich zur Ruhe kam, hatte sich der angestaute Stress einfach in einer Krankheit entladen.

Während ich durch den Wald nach Hause ging und den warmen Sommertag genoss, dachte ich immer wieder über den letzten Satz der attraktiven Ärztin nach: »Passen Sie bei Ihren kurzfristigen Beziehungen auf, dass Sie sich angemessen schützen. Das mache ich auch.« Ich fand diesen Ratschlag sehr persönlich und ich bereute es, nicht angemessen reagiert zu haben. Vielleicht hätte ich sie zu einem Kaffee einladen sollen, dabei hätte ich ihr etwas über das aufregende Leben eines Stewards erzählen können.

Die vergangenen zwei Tage hatte ich nicht viel über Gerhard Schuster nachgedacht, was ich gleich ausgiebig nachholte. Einerseits konnte ich froh sein, dass die Polizei die Ermittlungen wegen des Einbruchs so schnell eingestellt hatte. Glück hatte ich auch damit, dass uns niemand gesehen und wir keinerlei Spuren hinterlassen hatten. Aber wo ist Gerhard Schuster abgeblieben, fragte ich mich immer wieder. Anfangs spielte ich mit dem Gedanken, nach El Paso zu fliegen und ihn von dort aus zu suchen. Aber die USA sind groß und er konnte überall sein. Vielleicht hatte es ihn auch wieder nach Mexiko oder nach Brasilien, an die Copacabana, gezogen. Schließlich kam mir die Erkenntnis, dass selbst wenn ich ihn finden würde, ich keine Möglichkeit hätte, meinen Anteil zu bekommen.

Obwohl ich mich weiterhin fast täglich an diese unglaubliche Aktion mit Gerhard Schuster erinnerte, schaute ich nach vorn. Man lebt nur zweimal, dachte ich nach diesem erfreulichen Untersuchungsergebnis und plante meine berufliche Selbständigkeit.

Kapitel 24

Die Jahre 1997 bis 2002

Ich ließ das Jahr ausklingen und hielt mich als Aushilfskeller über Wasser. An den Wochenenden machten meine beiden Brüder und ich in unserem Keller Musik. Mein älterer Bruder spielte E-Gitarre, mein jüngerer Schlagzeug und ich misshandelte den Bass. Zu unserem Repertoire gehörten vornehmlich Stücke von Pink Floyd, die wir allerdings nie von Anfang an und auch nie bis ganz zum Ende spielten. Manchmal klingelte ein Nachbar an unsere Haustür und machte uns Komplimente und fragte, ob wir unsere Musik nicht etwas leiser spielen könnten. Für uns war das eine große Schmeichelei. Er hatte das, was wir taten, als Musik bezeichnet.

Von Januar an beschäftigte ich mich dann täglich mit meiner Selbständigkeit. Ich wollte ein Lokal eröffnen, wie es Kiel noch nicht gesehen hatte. Ich machte mir zunächst Gedanken, welchen Gästetyp ich ansprechen wollte und was diese Kunden wünschten. Neben der Auswahl des Personals schien mir der Standort des Lokals eine der Grundfragen zu sein. Außerdem suchte ich nach einem Geschäft, das frei von einem Brauereivertrag war. Keinesfalls wollte ich jeden Tag darauf schauen müssen, dass ich den Leuten genügend Bier verkaufte. Fachlich und auch persönlich hielt ich mich für absolut geeignet, eine Existenzgründung erfolgreich durchzustehen. Mit dem erarbeiteten Konzept sprach ich zunächst bei einer Bank vor. Fast zwei Wochen musste ich auf einen Termin warten, bis ich dann in der Hauptzentrale der Kieler Sparkasse stand. Die Dame, die mich in ihrem Büro empfing, war verantwortlich für die Vergabe von Krediten an Jungunternehmer. Diese Darlehn gab es zu einem günstigeren Zinssatz, deshalb waren sie sehr begehrt. Prüfend blätterte die Bankkauffrau durch die Mappe, in der mein Konzept stand, das ich ihr zusätzlich mit einigen Sätzen erklärte.

Sie hatte eine Büroklammer in der Hand, die sie nervös hin und her bog. Schließlich sagte sie: »Nein, das finanzieren wir nicht.« Dann fuhr sie fort: »Was glauben Sie, was passiert, wenn das nicht gleich richtig anläuft und die Gäste ausbleiben? Die Personalkosten, die laufenden Kosten, Pacht und Versicherungen zwingen Sie in kurzer Zeit wieder zur Aufgabe des Geschäfts. Gut, ein bisschen Eigenkapital haben Sie, aber das ist nur ein Tropfen auf dem heißen Stein.« Sie riet mir dringend davon ab, mich in der Gastronomie selbständig zu machen und nach zehn Minuten stand ich wieder auf dem Parkplatz vor meinem Auto.

Die hat doch keine Ahnung, fluchte ich in mich hinein und überlegte mir eine neue Vorgehensweise. Zwei Tage später hieß meine Station »Industrie und Handelskammer zu Kiel«, dort legte ich meine modifizierten Pläne vor. Zu meiner Überraschung zeigten sich die dortigen Fachleute außerordentlich optimistisch und stellten mir eine Bestätigung aus, dass meine Geschäftsidee realistisch sei. Diese Bescheinigung der IHK war bares Geld wert, weil mich das Arbeitsamt daraufhin finanziell unterstützte. Nun war ich ein Existenzgründer und bat beim Filialleiter der Sparkasse Kiel um einen Termin. Vorher kaufte ich mir noch ein Buch über Rhetorik, um zu lernen, wie man sein Gegenüber am besten von seiner Idee überzeugte. Bei meinem ersten Banktermin war ich aufgetreten wie ein Bittsteller, was ich ja auch gewesen war. Diesmal wollte ich mich bescheiden, aber entschlossen und kompetent geben. Ich zog mir einen Anzug an und legte mir einige schlaue Sätze aus dem Rhetorikbuch zurecht. Ein bestimmter Satz und die dazu passende Gestik gefiel mir besonders gut, und zwar: »Schauen Sie Ihrem gegenüber in die Augen und sagen Sie entschlossen: Ich bin der festen Überzeugung, dass ich Erfolg haben werde.«

Ich machte es genau so, wie es im Rhetorikbuch stand, und tatsächlich funktionierte es. Der Bankkaufmann schaute sich mein Konzept sowie die Bestätigung der IHK prüfend an. Fast schon so überzeugt wie ich selbst sagte er dann zu mir: »In dieser Angelegenheit bin ich Ihr Partner.«

Jetzt, wo das Finanzielle geklärt war und ich den Kreditvertrag unterzeichnet hatte, konnte es richtig losgehen. Es gab in Kiel drei Gaststätten, die zu verpachten waren, aber nur eine kam aufgrund der Lage für mich infrage. Ich machte am nächsten Tag gleich einen Termin mit dem Verpächter aus. Der alte Pächter sollte auch dabei sein und so betraten wir zu dritt das Lokal. Der ehemalige junge Wirt erzählte mir gleich, dass er mit der Gaststätte Pleite gemacht habe und der Koch an allem schuld gewesen sei. »Zweimal hat mir das Gesundheitsamt den Laden zugemacht, weil der Koch so ein Schwein war«, schimpfte er wütend, als sei es gerade erst passiert. »Dann haben mich noch die Kellnerinnen beklaut. Die haben sich jeden Abend einen Teil des Umsatzes einfach in die eigene Tasche gesteckt«, fuhr er fort. Der gelernte Einzelhandelskaufmann, der sich als Gastronom versucht hatte, hatte eindeutig zwei Sprichwörtern aus der Gastronomie Rechnung tragen müssen: »Er war Koch und sie war auch ein Schwein« und »Sie war Kellnerin und er klaute auch« sind Phrasen mit einem gewissen Wahrheitsgehalt.

Als ich durch den Gästeraum ging, stellte ich fest, dass ich niemals so ein geschmackloses Lokal wie dieses gesehen hatte. Bistrotische mit gusseisernen Füßen und Marmorplatten standen kreuz und quer im Raum. Jeder der Tische war mit grünen Holzklappstühlen bestückt. Weiße Wände und ein hellgrauer PVC-Fußboden, der nach Aussage des Pächters besonders pflegeleicht sei, stellten die Krönung der Geschmacklosigkeit dar. Als ich dann den Toilettenraum betrat, haute es mich fast um. Eine Duftwolke aus faulen Abflussrohren und scharfen Desinfektionsmitteln, die diesen üblen Geruch bekämpfen sollten, stieg mir bissig in die Nase bis in den Rachen. Über den einzelnen Pinkelbecken hingen verschmutzte Zettel mit der Aufschrift:

Heute
Wiener Schnitzel mit
Pommes und Salat
5,80

Mir war klar, dass hier nicht nur ein unsauberer Koch und klauende Kellnerinnen zu der Pleite beigetragen hatten. Hier hatte
jemand geglaubt, er könne sich ohne Stil und Raffinesse in der
Gastronomie eine Existenz aufbauen. »Gut, hier gibt es eine
Menge zu tun«, sagte ich schließlich in die Runde und unterschrieb den Pachtvertrag.

Als erste Handlung ließ ich sämtliche Rohre reinigen, um
den üblen Geruch aus dem Laden zu bekommen. Die total verlebte Tresenanlage aus den 70er-Jahren wurde komplett abmontiert und verschrottet. Von den Tischen schraubte einer meiner
Freunde die Marmortischplatten ab und warf sie zusammen mit
den Stühlen in den Müllcontainer. Nach gut drei Monaten war
die Arbeit getan. Viele Freunde und meine Familie hatten mir
bei der Gestaltung tatkräftig zur Seite gestanden. So war es uns
tatsächlich, gelungen, mit geringsten Geldmitteln ein stilvolles
Lokal zu schaffen. Insbesondere ein professioneller Tresen hätte
ein Vermögen gekostet. Mein Bruder hatte mir mit Ziegelsteinen einfach eine sechs Meter lange und 1,20 Meter hohe Mauer
gezogen. Bei einer Schreinerei kauften wir eine Tresenplatte, die
der Länge nach und am Stück aus einem Baum geschnitten worden war. Diese fast sieben Meter lange Platte hatte der Schreiner
leicht abgeschliffen, mit Lack glasiert und auf der Mauer fixiert.
Der Gast saß jetzt an einem Tresen, dessen Umrisse einem Baum
entsprachen.

Für die Arbeit hinter dem Tresen hatte ich günstig handelsübliche Kühlschränke gekauft. Darauf montierten wir eine ganz
einfache Arbeitsplatte aus massivem Holz. Für die Wand hinter
dem Tresen bekam ich alte Regale, die einst ihren Dienst in einer
Registratur getan hatten. Das Tolle an diesen Regalen war, dass

in jedes einzelne Fach eine Flasche Wein passte. Ebenfalls aus einem Baum ließ ich mir runde Tischplatten anfertigen. Diese montierten wir auf die gusseisernen Stative, auf denen vormals die Marmortischplatten befestigt waren. Da ich mir kein Holzparkett leisten konnte, spannten wir Holzleisten über den Boden und nagelten stabile Nut- und Federbretter darauf. Darunter legten wir Rockwoll, damit es beim Laufen nicht so schallte. Die Wände wirkten leicht vergilbt und machten einen verlebten Eindruck. Das passte ausgezeichnet zum Stil des Lokals und es mussten nur noch ein paar kubanische Bilder aufgehängt werden, um diesen Stil zu unterstreichen. Außerdem schlugen wir von einer Wand den Putz teilweise ab, sodass man die braunen Klinkersteine sehen konnte. Das Restaurant sah jetzt lateinamerikanisch, rustikal, aber doch sehr gepflegt aus.

Mit dem Koch erarbeitete ich die erste Speisekarte. Wir entschieden uns für eine große Auswahl von verschiedenen warmen und kalten Tapas. Diese hatten den Vorteil, dass sie einfach vorzubereiten waren und so gut wie jedem schmeckten. Neben einer Vielzahl von spanischen, italienischen und anderen südlichen Weinen hatten wir viele Biere im Angebot, darunter das spanische San Miguel, das mexikanische Corona und ein portugiesisches Sagres. Aber natürlich durften auch ein Pils- und Weizenbier nicht auf der Karte fehlen. Abgerundet wurde unsere Getränkekarte von einigen kubanischen Cocktailkreationen, die wir im Preis möglichst niedrig hielten.

Jetzt hieß es nur noch, ordentlich Werbung für die Eröffnung des Lokals zu machen. Wir unternahmen das Übliche wie Zeitungsanzeigen schalten und Wurfsendungen in die umliegenden Häuser verteilen. Außerdem veranstalteten wir ein Gewinnspiel. Ich kaufte eine antike Holzkiste und füllte sie mit Weinflaschen und anderen aus Kuba stammenden Geschenkartikeln. Dann verschloss ich die Truhe mit einem Vorhängeschloss und ließ mir bei einem Schlüsseldienst noch dreißig weitere Schlüssel für das Vorhängeschloss anfertigen. Nun lieh ich mir bei dem Schlüsseldienst 300 alte Schlüssel und schmiss alle in einen kleinen Sack. Meine äußerst attraktiven weiblichen Bedienungen, die alle hauptberuflich studierten, postierten sich am Samstag vor den umliegenden Diskotheken. Dort verteilten sie Flyer, auf denen Informationen über das Lokal standen, und verschenkten die insgesamt 330 Schlüssel an unsere potenziellen Gäste. Jeder, der am Eröffnungstag die Truhe mit seinem Schlüssel öffnen konnte, durfte sich einen Gewinn herausnehmen. Für die Eröffnungsfeier engagierte ich die Band »Los Beamtos«, die sich auf lateinamerikanische Musik spezialisiert hatte. Wie der Name schon erahnen ließ, waren die Bandmitglieder allesamt Beamte und nebenbei Hobbymusiker.

Der erste Abend hätte nicht besser laufen können und unsere Strategie ging voll auf. Wir hatten uns entschlossen, alles etwas einfacher, aber dafür perfekt zu machen. Es kamen zur Eröffnungsfeier ungefähr 300 Gäste über den Abend verteilt und alle waren sehr zufrieden. Auch die darauffolgenden Monate verliefen ausgesprochen gut. Es bildete sich eine große Gruppe von Stammgästen, so wie ich es mir vorgestellt hatte.

Bevor ich mich selbständig gemacht hatte, hatte ich auch noch an einem Existenzgründungsseminar für zukünftige Gastronomen teilgenommen. Der Dozent hatte gesagt, dass etwa die Hälfte von uns innerhalb der nächsten zwei Jahre ihr Lokal wieder schließen und hoffnungslos verschuldet sein würde. In meinem Fall sollte er nicht Recht behalten. Ich schaffte es länger als fünf Jahre bis zur Pleite und ich war auch nicht hoffnungslos verschuldet. Ich hatte es aber immerhin auf stolze 56000 € Verbindlichkeiten gebracht, die sich im Laufe der Jahre angehäuft hatten und die ich innerhalb von zwölf Jahren abtragen musste.

Den Entschluss, das Lokal zu schließen, fasste ich an einem Samstagabend. Der Samstag war für mich normalerweise der umsatzstärkste Tag. Die Leute gingen in die Diskotheken und besuchten zuvor mein Lokal, um etwas zu essen und zu trinken. Im Laufe der Monate kamen aber immer weniger Gäste und an dem besagten Samstag blieb das Lokal völlig leer. Spätestens jetzt musste ich einsehen, dass es besser war, aufzuhören. Für das Scheitern gab es wohl mehrere Gründe. Viele Stammgäste durften bei mir anschreiben lassen, wie man das in der Gastronomie nennt. Jetzt hatte ich eine ganze Kiste voller Forderungen, ohne Aussicht, dieses Geld jemals wiederzusehen. Jede einzelne Rechnung war so klein, dass selbst ein Mahnbescheid übers Amtsgericht teurer gewesen wäre, als den Verlust zu realisieren. Ein weiterer Grund war, dass sich das Nachtleben in einen anderen Stadtteil verschoben hatte, sodass mein Lokal nicht mehr besucht wurde.

Wie dem auch sei, ich konzentrierte mich jetzt darauf, einen neuen Job zu finden. Im Internet wurde ich auch sehr schnell fündig. Das Restaurant in Frankfurt am Main, in dem ich bereits einige Jahre zuvor gearbeitet hatte, suchte wieder einen Restaurantfachmann. Ein Anruf und zehn Minuten später hatte ich meinen alten Job zurück. Nachdem ich alle Formalitäten der Geschäftsauflösung erledigt hatte, befand ich mich einige Tage später auf der A7 in Richtung Frankfurt am Main, wo ich nachmittags ankam. Die Begrüßung war herzlich und bei einem Kaffee erzählte man sich, was die letzten Jahre so alles geschehen war. Schließlich kam die älteste Tochter des Hauses und übergab mir einen Schuhkarton, in dem die Briefe der letzten Jahre aufbewahrt worden waren. »Hier, aber mach dir keine zu großen Hoffnungen, es sind keine Liebesbriefe dabei«, sagte sie scherzend.

Ich öffnete den Kasten und schaute flüchtig auf die Absender der Briefe. Außer Autohäusern, Banken und Versicherungen, die mir Angebote unterbreiten wollten, war nichts zu entdecken. Dann machte ich mich an die Arbeit, holte meinen Koffer, meine Stereoanlage und meinen Fernseher aus dem Auto und bezog wieder mein Personalzimmer. Es war dasselbe Zimmer, das ich vor Jahren schon einmal bewohnt hatte. Es stand noch alles an seinem alten Platz und es hatte sich kaum etwas verändert. Das gleiche Bett, der gleiche Schrank, der gleiche Schreibtisch, nur der gemütliche Fernsehsessel, in den ich mich gleich setzte, war damals noch nicht dagewesen. Ich machte es mir in dem Sessel bequem und mir wurde zum ersten Mal bewusst, dass ich jetzt an der gleichen Stelle stand, die ich vor mehr als sechs Jahren verlassen hatte. Sowohl persönlich als auch finanziell hatte ich die letzten Jahre auf der Stelle getreten, mich nicht weiterentwickelt. Nein, eigentlich stand ich heute sogar schlechter als früher da. Damals hatte ich keine Schulden gehabt und ich war wesentlich jünger gewesen.

»Es war alles für die Katz, alles umsonst. Die ganze Arbeit, die ganze Schufterei ohne Ergebnis«, murmelte ich vor mir her. Ich überlegte mir, ob ich noch einmal die Kraft hätte, mich aufzurichten und von vorne anzufangen. Meine Gemütsstimmung hätte wohl nicht schlechter sein können, als ich mir abermals den Schuhkarton mit den gut hundert Briefen vornahm. Das Autohaus gratulierte mir jedes Jahr pünktlich zu meinem Geburtstag und bot mir eine Probefahrt mit dem neuen Golf an. Der Herr Kaiser aus Hamburg wollte mit mir eine Kapitallebensversicherung abschließen, die mich im Alter reich machen würde. Es gab ein Probeabonnement vom Stern und Werbebriefe der Süddeutschen Klassenlotterie. Doch dann bekam ich einen Brief in die Hände, dessen Absender mich stutzig machte. Ich öffnete ihn und staunte nicht schlecht, als ich die Nachricht las. Ich schaute erneut in den Karton und fand weitere Schreiben, die vom selben Absender stammten. Ich öffnete und ordnete die Briefe chronologisch und dann wurde mir langsam alles klar.

Aufgeregt lief ich runter zu meinem Chef und bat ihn um unbezahlten Urlaub, mit der Begründung, etwas sehr Wichtiges erledigen zu müssen. Dann studierte ich die Briefe erneut. Ich fuhr am nächsten Morgen zum Flughafen und fragte nach einem Flug nach Gibraltar, den es aber nicht gab. Eine Stunde später saß ich in einer Boeing 737 der Deutschen Lufthansa mit Kurs auf den Zielflughafen Malaga, den ich wenige Stunden später erreichte. Der spanische Taxifahrer freute sich, als ich hastig zu ihm ins Auto stieg und ihm sagte, dass ich schnell ins 130 Kilometer entfernte Gibraltar müsste. Wir sausten die Küstenstraße entlang und durchquerten bei sonnigem Wetter die Städte Marbella und Estepona, bis wir am Horizont den Affenfelsen von Gibraltar sahen. Der spanische Grenzbeamte schaute gelangweilt, als ich mit meinem Reisepass in der Hand die Grenze passierte. Ich lief weiter bis in die Main Street.

Der Weg zur Royals Bank war kürzer als ein Kilometer und nach wenigen Minuten stand ich mit meinen Kontoauszügen am Schalter des Geldinstitutes. Wieder kam eine junge Mitarbeiterin der Bank auf mich zu und begrüßte mich freundlich. Nachdem ich ihr kurz die Umstände auf Englisch erklärt hatte, fand ich mich auf einem ähnlich exquisiten Ledersofa wieder wie damals. Durch die große Panoramascheibe schaute ich nervös auf das offene Meer und wartete. Wenige Momente später sprang ich wieder auf. Auf- und ablaufend schaute ich zum afrikanischen Festland hinüber, das man von hier aus gut sehen konnte. Es dauerte ungewöhnlich lange, bis mich ein Mann auf Deutsch begrüßte. »Es tut mir sehr leid, dass Sie so lange warten mussten, aber ich bin der Einzige, der unsere deutschsprachigen Kunden betreut«, entschuldigte sich der Mitarbeiter auf unserem Weg in sein Büro. Er nahm an seinem Schreibtisch Platz, an dem bereits ein Ordner mit meinen Unterlagen und ein Kuvert bereitlagen. »Was kann ich für Sie tun?«, fragte er geradeheraus.

»Ich würde gerne Geld von meinem Konto abheben«, sagte ich. »Dazu benötige ich eine Kreditkarte oder eine Eurocheque-karte Ihrer Bank.« Außerdem äußerte ich den Wunsch, das Depot von Dollar auf Euro umzustellen. Was absolut richtig war, bereits ein Jahr später sollte die amerikanische Währung massiv an Wert gegenüber dem Euro verlieren und ich hätte dadurch sehr viel Vermögen verloren.

Der Bankangestellte notierte meine Bitten auf einem Notizblock, nahm dann seinen Taschenrechner und tippte blitzschnell darauf herum und sagte schließlich zu mir: »Ich kann Ihnen anbieten, jeden Monat 8000 € Zinsen ohne einen Verzehr Ihres Kapitals an Sie auszuzahlen.« Er schaute mich fragend an.

Ich fragte schnell: »Netto oder brutto?«

Der Mann musste daraufhin lachen. Dann sagte er, dass es seine Bank nicht interessiere, wie die Kunden ihre Zinseinkünfte in ihrem Heimatland versteuerten.

»Wäre es möglich, gleich Bargeld zu bekommen?«, fuhr ich dann fort. »Ich bin momentan etwas schlecht bei Kasse.«

Wieder lachte der Bankangestellte und öffnete dabei das weiße Kuvert, in dem sich ein Schlüssel befand. »Hier, der Schlüssel ist für Sie. Er gehört zu einem Schließfach, das sich in unserem Hause befindet«, sagte er.

Es verging keine halbe Stunde und ich hatte das Büro des Bankers wieder verlassen und alles war nach meinen Wünschen erledigt worden. Wenig später stand ich vor dem schmalen Schließfach mit der Nummer 342, schob den Schlüssel in das Schloss und öffnete es. Ich schaute nach links und rechts über meine Schultern, um mich zu vergewissern, dass mich niemand beobachtete. Dann zog ich einen Goldbarren aus dem schmalen Fach heraus und bestaunte ihn. Es handelte sich eindeutig um einen der Barren, die wir damals ausgegraben hatten. Außerdem lag noch eine Visitenkarte von Gerhard Schuster in dem Schließfach, auf der seine berufliche Tätigkeit »Caravan sales and consultation« durchgestrichen und handschriftlich durch das Wort »GOLDGRÄBER« ersetzt worden war.

Ich schob den Barren zurück ins Fach, schloss es wieder zu und verließ die Bank. Dann lief ich noch eine ganze Weile durch die Straßen und engen Gassen Gibraltars, um das gerade Erlebte zu verarbeiten. Es war fast wie ein Lottogewinn. Die Ereignisse hatten sich überschlagen und all meine Sorgen, die ich gestern noch hatte, gehörten heute der Vergangenheit an.

Auf meiner Rückreise im Flugzeug wurde mir das erste Mal bewusst, was für ein Glück ich gehabt hatte. Wenn ich nicht Pleite gemacht hätte und wenn mein Chef meine Post als Werbepost in den Müll geworfen hätte, dann hätte ich nie von der Existenz des Kontos erfahren.

Gerhard Schuster hatte mich 1996 das letzte Mal angerufen, seitdem hatte ich nie wieder etwas von ihm gehört. Exakt am 11. Juli 1996 hatte Schuster ein Konto und ein Depot auf meinen Namen bei der Royals TSB Bank in Gibraltar eröffnet. Jetzt verstand ich auch, weshalb die Bankangestellte mich damals so freundlich behandelt hatte, als ich lediglich etwas Geld in Gibraltar wechseln wollte. Sie hatte meinen Namen und mein Geburtsdatum in ihren Computer eingegeben und gesehen, dass ich bei der Royals TSB ein gut gefülltes Konto führte. Nur, ich wusste nichts davon. Als Wohnsitz hatte Schuster bei der Bank meine Adresse in Frankfurt am Main angegeben, die er ja bestens kannte. Anfang August 1996 schickte mir die Royals Bank erstmalig einen Kontoauszug an meine Adresse in Frankfurt. Damals befand ich mich nichts ahnend als Steward auf dem Schiff. Gerhard Schuster hatte sich für ein Konto in Gibraltar entschieden, um die Vorzüge eines sogenannten Offshore-Finanzplatzes auszunutzen. Niemand fragte hier, woher das Geld stammte und wie es verdient worden war. Es war zu besten Konditionen unter der Verschwiegenheit im Namen des Bankgeheimnisses bestens geschützt. Schuster hatte das Konto mit der Summe von einer Million Dollar eröffnet. Der jährliche Zins und Zinseszins ließ das Konto bis zum Jahr 2002 weiter anwachsen, sodass sich der Wert fast verdoppelt hatte.

Kapitel 25

Die Jahre 2002 bis 2008

Ich erfüllte noch meinen sechsmonatigen Arbeitsvertrag in Frankfurt und zog dann wieder nach Kiel. Genau genommen wohnte ich jetzt in Laboe. Der Ort liegt nördlich der Landeshauptstadt, auf der anderen Seite der Förde. Ich hatte dort eine kleine Penthouse-Wohnung angemietet, von wo aus sich mir ein wunderschöner Blick auf die See bis hinüber nach Kiel bot. Mit einem Kaffee in der Hand saß ich oft bei sonnigem Wetter auf meinem Balkon und beobachtete die Schiffe, die von Skandinavien in den Kieler Hafen einliefen und sich zwischen den Segelbooten durchschoben. Der Strand, an dem ich mich im Sommer sonnte und im Winter spazieren ging, lag nur wenige Meter von meinem Domizil entfernt. In den ersten Monaten arbeitete ich nicht, bis es mir zu langweilig wurde und ich einen Job als Chef de Rang in einem Hotel am Yachthafen annahm. Ich arbeitete drei Tage die Woche, was ich als optimal empfand. Das war nicht zu viel, aber auch nicht zu wenig, sondern genau die richtige Dosierung, die ein Mensch zum Leben braucht. Als weiteren Luxus legte ich mir einen Zweitwagen zu, einen Mercedes Benz 190 Caprio, Baujahr 1958. Den silberfarbenen Zweisitzer mit roter Lederausstattung und schwarzem Verdeck hatte ich vor vielen Jahren das erste Mal in einem Autohaus gesehen. »So einen kaufe ich mir, wenn ich mal reich bin«, hatte ich damals zu einem Freund gesagt. Diesen wunderbaren Wagen holte ich aber nur an meinen freien Tagen, wenn die Sonne schien, aus der Garage.

Irgendwann im Juni 2008 ging ich dann mal wieder an der Strandpromenade in Laboe spazieren. Ich hatte bereits das Marineehrenmal passiert, als ich mich kurzerhand entschloss, an einem Vortrag teilzunehmen. Die Veranstaltung fand in einem kleinen Saal statt, der mit reichlich Bildern und kleinen

Schiffsmodellen ausgestattet war. Es ging um die Unterseeboote, ihre Aufträge und die Besatzungen während des Zweiten Weltkriegs. Es sollten einige Zeitzeugen zu Worte kommen, die auf diesen Booten ihren Dienst verrichtet hatten. Der Dozent, der kaum älter war als ich, begrüßte die Teilnehmer, die gespannt auf ihren Plätzen saßen. Nach einer kurzen Einführung gab er das Wort an einen sehr betagten Herrn ab. Er setzte sich auf einen Stuhl neben dem Rednerpult, während der Dozent das Stativ des Mikrofons auf ihn einstellte. Der Veteran erzählte, dass er auf dem Unterseeboot U-352 seinen Dienst versehen hatte. Der Kapitän galt als ausgesprochen streng und wurde von der Mannschaft nur als »der Zar« bezeichnet. Die erste Fahrt führte sie von Kiel nach Bergen in Norwegen. Von dort aus verlief ihre 38-tägige Patrouille über Stationen um Island bis runter nach La Rochelle in Frankreich. Bei der gesamten Fahrt konnte weder ein feindliches Schiff angegriffen noch versenkt werden.

Der Kapitänleutnant galt als sehr ehrgeizig und um möglichst schnell das Ritterkreuz verliehen zu bekommen, hatte er bei der Admiralität darum gebeten, sich mit dem U-352 vor die amerikanische Ostküste bewegen zu dürfen. Er hoffte, dort auf reichlich feindliche Schiffe zu treffen. Nach 30 Tagen Fahrt über den Atlantik hatte die Crew die Küste der vereinigten Staaten erreicht. Als sich ihnen ihr erstes Ziel bot, befahl der Kapitän auf Seerohrtiefe zu gehen, um sich dem feindlichen Schiff unbemerkt zu nähern. Um das Unterseeboot in eine optimale Schussposition zu manövrieren, gab der Schiffsführer dem zuständigen Matrosen die Anweisung, die vorderen Kammern zu fluten. Der verstand dies allerdings falsch und flutete irrtümlicherweise die Tanks achtern. Das Boot geriet außer Kontrolle und U-352 lief in dem flachen Gewässer auf Grund. Es gab keinerlei Schaden am Boot, aber das beabsichtigte Opfer verschwand auf der weiten See, ohne jemals erfahren zu haben, wie nah es dem Untergang gewesen war. Über die entgangene Gelegenheit ärgerte sich der Kapitän so sehr, dass er dem jungen Matrosen das E-Maschinenzimmer, den heißesten und übel riechendsten Platz an Bord, zuteilte. Niemand durfte mit ihm sprechen und er musste auch seine Mahlzeiten dort alleine einnehmen.

Es war eine packende und ergreifende Geschichte, die der alte Herr erzählte. Seinen Vortrag beendete er mit den Worten: »Dieser junge Matrose war ich.«

Später recherchierte ich unter dem Begriff »Unterseeboot U-352« im Internet nach dem Namen des Kapitänleutnants, der von der Mannschaft nur »der Zar« genannt worden war. Ich wurde sehr schnell fündig. Im Internet fand ich auch die Geschichte des alten Veteranen.

Nachdem der Dozent einen Bildprojektor aufgestellt hatte, kam der nächste Zeitzeuge zu Wort. Auch er hatte das achtzigste Lebensjahr schon längst vollendet. Damals diente er auf dem wohl bekanntesten Unterseeboot U-995. Dieses Boot ist heute so bekannt, weil es vor dem Marinedenkmal in Laboe als Museumsschiff seinen letzten Hafen gefunden hat und jeder es für wenige Euro besichtigen kann. Sein Vortrag konzentrierte sich zunächst auf die neun Feindfahrten, auf denen sie unter den Kapitänen Köhntopp und Hess sechs feindliche Schiffe angriffen. Dann erzählte er über das Leben der gut vierzig Männer an Bord. Sein Vortrag wurde anschaulich mit Bildern untermauert, die der Dozent für uns einspielte und die auf der Leinwand zu sehen waren. Beide Redner ließen bei ihren Vorträgen keinerlei Begeisterung für den Krieg oder den Nationalsozialismus erkennen. Sie klangen eher mahnend und machten die Härten eines Krieges deutlich.

Ich war nach einer kurzen Pause gerade im Begriff zu gehen, als ein weiterer Redner angekündigt wurde. Der Dozent verstand es, die Neugierde der Teilnehmer zu wecken und so blieb ich sitzen. Der ehemalige Matrose, der jetzt am Rednerpult stand, sah wesentlich jünger aus als seine beiden Vorredner. Bevor er begann, legte er sich einen Zettel zurecht und stellte das Mikrofon auf seine Höhe ein. »Auch ich fuhr damals als sechzehnjähriger

Matrose auf einem Unterseeboot zur See. Wie U-352 und U-995 war auch dieses Unterseeboot vom Typ VII, allerdings hatte es keine weitere Bezeichnung. Am 03. April 1945 sollten wir von Kiel auslaufen. Unter der Bezeichnung »Rügen« hatten wir einen Geheimauftrag zu erfüllen, unser Ziel hieß Japan. Gegen Abend nahmen wir zwei Kisten mit Geheimdokumenten an Bord, die den Japanern übergeben werden sollten. Was in diesen Kisten steckte, wusste keiner der Besatzungsmitglieder, aber heute vermute ich, dass es die Pläne zum Bau einer Atombombe gewesen sein könnten.«

Das sekundenlange Schweigen wurde von der Frage eines Zuhörers unterbrochen: »Wie kommen Sie zu dieser Annahme?«

»Nun, das Deutsche Reich hatte schon lange an dem Bau einer Atombombe gearbeitet und erste Versuche waren auf der Insel Rügen und in Thüringen unternommen worden. Namhafte Physiker, darunter auch Albert Einstein, hielten es 1945 durchaus für möglich, dass die deutschen Forscher kurz vor der Fertigstellung einer Atombombe standen. Dass die Nazis sie skrupellos eingesetzt hätten, steht wohl außer Frage.«

»Aber warum sollten dann diese Forschungsergebnisse den Japanern übergeben werden, man hätte sie doch selbst nutzen können«, wandte der gleiche Zuhörer ein.

»Auch die Japaner forschten bereits an einer solchen Bombe. Vielleicht wollte man die Ergebnisse zusammenführen, um somit den Krieg doch noch zu gewinnen. Aber wie dem auch sei«, fuhr der alte Matrose fort, »das sind alles nur Spekulationen und Beweise gibt es für diese These nicht. Aber stellen Sie sich nur einmal vor, wir wären an diesem Tage nach Japan ausgelaufen und es wären tatsächlich die Baupläne einer Atombombe an Bord gewesen. Es hätte den ganzen Kriegsverlauf ändern können und dieser Gedanke lässt einen doch schaudern, oder?«

»Weshalb sind Sie an diesem besagten Tag nicht ausgelaufen?«, fragte ein weiterer Zuhörer.

»Der Kapitän wollte nachts im Schutze der Dunkelheit die Fahrt beginnen. Es kam aber einige Stunden zuvor zu einem schweren Bombenangriff der Alliierten und das Boot wurde schwer beschädigt. Am nächsten Morgen mussten wir die Kisten mit den Geheimunterlagen wieder abladen, ebenso die schweren Goldbarren, die wir auch an Bord genommen hatten.«

Ich hörte die ganze Zeit gespannt zu, doch als ich das Wort »Goldbarren« hörte, erschrak ich regelrecht und fragte: »Von welchen Goldbarren sprechen Sie da?«

»Wir waren nicht auf Feindfahrt, sondern hatten den Auftrag, so schnell wie möglich Japan zu erreichen. Aus diesem Grund gab es auch keine Torpedos auf dem Boot, sondern nur diese Pläne und mehr als 100 Goldbarren. Ich kann Ihnen versichern, das war für uns alle ein atemberaubender Anblick. Dort, wo eigentlich die Torpedos aufgereiht nebeneinander lagen, blitzten diese schweren Barren …«

Die vergangenen Jahre hatte ich viel Zeit mit Recherchen verbracht und auf viele meiner Fragen auch eine Antwort bekommen. Aber bei den Goldbarren war ich einfach nicht weitergekommen. Nun schien es fast so, als würde auch die letzte Frage beantwortet werden.

Nach dem Vortrag ging ich zu dem alten Matrosen. Ich setzte mich mit ihm an einen Tisch und er konnte meine Vermutung bei einem Tässchen Pharisäer bestätigen. Er selbst hatte dabei geholfen, die Goldbarren von einem Lastwagen auf das Boot zu verladen. Ich hakte neugierig nach und er erzählte, dass nur die Barren mit der Registrierungsnummer 77 verladen werden sollten. Es befanden sich noch weitere Goldbarren auf dem Lastwagen, aber nur die Stücke mit der eingestanzten Registrierungsnummer 77 sollten auf das Boot nach Japan geschafft werden.

»Was geschah mit dem Gold nach dem Bombenangriff?«, fragte ich ungeduldig.

»Bevor das Schiff in die Werft ging, mussten wir es komplett räumen. Die Goldbarren und die beiden Kisten verluden wir auf einen 5-Tonner Krupp Lkw, der von der SS bereitgestellt worden war«, sagte er.

Damit hatte sich auch dieses Rätsel endlich gelöst. Es waren eindeutig diese Goldbarren mit der Registrierungsnummer 77, die wir damals im Haus in Eigenheim gefunden hatten. SS-Hauptsturmführer Heinz Schuster und sein Komplize Alfred Berger hatten die unruhigen Zeiten genutzt und zwölf dieser Goldbarren gestohlen.

Doch nachdem ich nun eine Antwort auf meine letzte Frage bekommen hatte, stellte sich mir die nächste quälende Frage: Wohin war der Löwenanteil des Goldes, das sich noch auf dem 5-Tonner Krupp Lkw befunden hatte, geschafft worden?